NIGHT WORLD

L. J. Smith

Night World

Tome 8 : Le royaume des ténèbres

Traduit de l'anglais (États-Unis)
par Isabelle Saint-Martin

Michel Lafon

Déjà parus

Night World, tome 1 : *Le secret du vampire*
Night World, tome 2 : *Les sœurs des ténèbres*
Night World, tome 3 : *Ensorceleuse*
Night World, tome 4 : *Ange noir*
Night World, tome 5 : *L'élue*
Night World, tome 6 : *Âmes sœurs*
Night World, tome 7 : *La chasseresse*

À paraître

Night World, tome 9 : *Le feu de la sorcière*
Night World, tome 10 : *Étrange destin*

Titre original :
Black Dawn

7-13, boulevard Paul-Émile-Victor – Ile de la Jatte
92521 – Neuilly-sur-Seine Cedex
www.michel-lafon.com

NIGHT WORLD

JAMAIS IL N'A ÉTÉ AUSSI DANGEREUX D'AIMER

Le Night World ne se limite pas à un endroit précis. Il nous entoure. Aux yeux des humains, les créatures du Night World sont belles, mortelles et irrésistibles. Un ami proche pourrait en faire partie – la personne que vous aimez aussi.

Les lois du Night World sont très claires : sous aucun prétexte son existence ne doit être révélée à qui que ce soit d'extérieur. Et ses membres ne doivent pas tomber amoureux d'un individu de la race humaine. Sous peine de conséquences terrifiantes.

Voici le récit de ce qui arrive à ceux qui enfreignent ces lois.

Pour Michael Penny
et Matthew Penny.

1

Maggie Neely fut réveillée par les cris de sa mère.

Elle s'était endormie comme d'habitude, la joue posée sur une page de son livre de géométrie, parmi les chips d'un paquet renversé et des feuilles de devoirs éparpillées sur les couvertures, entre Jake, son dogue allemand qui s'affalait toujours à ses pieds, et les trois chats qui se disputaient la place la plus proche de sa tête. Elle portait encore son jean et un haut de pyjama à fleurs, ainsi que les seules chaussettes qu'elle ait trouvées ce soir-là : une de coton rouge et une vieille bleue toute râpée.

Chaussettes qui finiraient par représenter un jour la différence entre la vie et la mort. Mais pour le moment, Maggie était loin de s'en douter.

Déconcertée par ce réveil en sursaut, elle se demandait comment sa mère avait pu pousser un cri pareil.

Il se passait forcément quelque chose d'affreux. Le pire.

Le réveil sur la table de nuit indiquait 2 h 11.

D'un seul coup, Maggie plongea parmi les vêtements sales et les chaussures de sport éparpillés au sol comme pour retarder sa course. Elle heurta du menton une corbeille, et se redressa pour filer vers le couloir obscur. Au fond de la maison, le salon restait éclairé, et c'était de là que provenaient les cris.

Jake trottait à son côté, et ils débouchaient dans l'entrée lorsque le chien se mit à gronder puis poussa un bref aboiement.

D'un coup d'œil circulaire, Maggie capta une de ces scènes irrévocables où tout changeait à jamais.

La porte d'entrée béante laissait pénétrer le vent de la nuit, toujours glacial en novembre dans l'État de Washington. Vêtu d'un peignoir court, le père de Maggie soutenait sa femme qui se débattait en hurlant. Sur le seuil se tenaient quatre personnes : deux shérifs, un homme et une femme, un garde forestier et Sylvia Weald.

Sylvia, la copine de son frère, Miles.

Maggie comprit aussitôt et cette révélation la frappa comme un coup de marteau.

Mon frère est mort.

2

Derrière elle, Jake gronda de nouveau, mais elle crut l'entendre dans le lointain. Et personne ne réagit.

Je n'en reviens pas de si bien prendre cette nouvelle, songea-t-elle. *Qu'est-ce qui ne va pas chez moi ? Je n'ai même pas envie de me rouler par terre.*

Son esprit avait parfaitement capté la situation, pourtant, son corps ne réagissait pas, son cœur ne se serrait pas. Jusqu'à ce que cela vienne d'un seul coup, exactement comme elle le craignait. Une vague d'adrénaline qui lui donna la chair de poule, avec une horrible sensation de chute, un engourdissement qui lui paralysa les joues, puis les lèvres et la mâchoire.

Oh non ! songea-t-elle bêtement, *ce n'est pas vrai ! Il n'est sûrement que blessé. Ça ira. Il a eu un accident et il est blessé… mais pas mort.*

Non, s'il était blessé, sa mère ne resterait pas là à pousser des cris. Elle se précipiterait vers l'hôpital et personne ne pourrait l'en empêcher. Ce n'était donc pas la réponse. Et l'esprit de Maggie de se remettre à bondir comme un animal affolé... *Non, ce n'est pas vrai !*

Curieusement, à cet instant, elle eut l'impression de voir surgir une troisième solution. Si elle retournait dans sa chambre sans que les autres ne s'en aperçoivent, si elle regagnait son lit, tirait les couvertures sur sa tête et fermait les yeux...

Pourtant, elle ne pouvait laisser sa mère crier ainsi.

Les hurlements commencèrent à s'espacer. Son père parlait d'une voix qui ne lui ressemblait pas du tout, comme un murmure étouffé :

– Mais pourquoi ne nous as-tu pas dit que vous alliez grimper ? Si vous êtes partis pour Halloween, ça remonte à six jours, maintenant. Nous ne savions même pas que notre fils avait disparu...

– Je suis désolée, souffla Sylvia. On ne pensait pas partir longtemps. Les colocs de Miles savaient où on allait, mais c'est tout. On s'était décidés à la dernière minute... comme on n'avait pas cours et qu'il faisait beau, Miles a dit : « Allez, on va faire un tour à Chimney Rock ! » Et voilà...

« Allez, on y va ! » *Il me disait souvent ce genre de chose,* songea Maggie avec un pincement au cœur. *Mais plus depuis qu'il avait rencontré Sylvia.*

L'un des deux shérifs s'adressa au père de Maggie :

– Vous ne trouviez pas ça étonnant d'être sans nouvelles de votre fils depuis vendredi ?

– Non. Il est devenu si indépendant, depuis qu'il est à l'université... L'un de ses colocataires a même téléphoné cet après-midi pour demander s'il était là... mais sans préciser qu'il était parti depuis près d'une semaine. Je croyais qu'il avait manqué un cours ou quelque chose comme ça...

Sa voix s'étrangla.

– Apparemment, observa le shérif, ses amis pensaient qu'il avait pris des vacances imprévues. C'est parce qu'ils étaient vraiment inquiets qu'ils nous ont appelés cette nuit. Mais à ce moment-là, un garde forestier avait déjà ramené Sylvia.

Celle-ci était en larmes. Longue et fine, d'apparence fragile, elle avait les cheveux si clairs, si brillants qu'ils en paraissaient presque argentés ; quant à ses yeux, ils avaient la couleur pure des violettes.

Petite, le visage rond, des cheveux fauves et des yeux bruns, Maggie l'avait toujours enviée. Mais plus maintenant. Nul ne pouvait regarder Sylvia sans éprouver de la pitié.

– C'est arrivé le premier soir. On était en pleine montée quand le temps s'est gâté ; alors on a voulu faire demi-tour.

Elle s'interrompit, le poing sur la bouche.

– C'était une période plutôt risquée pour entreprendre une ascension, intervint doucement la femme shérif.

Comme Sylvia secouait la tête, Maggie se dit qu'elle avait raison, que ça n'avait rien d'extraordinaire. Certes, il pleuvait beaucoup dans la région en automne, mais il suffisait du passage d'un anticyclone pour se retrouver avec un mois de ciel bleu. Tous les randonneurs le savaient.

Et puis, Miles n'avait pas peur du temps. À dix-huit ans, il avait déjà effectué des escalades autrement difficiles dans la chaîne des Cascades et les Olympiques de l'État de Washington. L'arrivée de l'hiver ne l'empêchait pas de grimper, malgré la neige et les tempêtes.

Sylvia poursuivait ses explications d'une voix de plus en plus cassée :

– Miles était… il avait eu la grippe la semaine précédente et ne s'en était pas complètement remis. Mais ça allait mieux, il avait repris des forces. Et puis c'est arrivé alors qu'on descendait en rappel. Il riait et plaisantait… Je n'aurais jamais cru qu'il puisse être fatigué au point de commettre une erreur…

Elle ne put davantage réprimer ses sanglots et le garde forestier lui passa un bras autour des épaules.

Maggie se figea. *Une erreur ? Miles ?*

Elle voulait bien croire à l'apparition d'une avalanche soudaine, ou au mauvais fonctionnement d'une pièce de leur matériel. Au pire, que Sylvia était tombée, déséquilibrant Miles. Mais que celui-ci commette une erreur ?

Tout en dévisageant la copine, elle sentit brusquement que quelque chose n'allait pas, quelque chose de bizarre dans ce visage délicat, dans ces yeux violets noyés de larmes. L'image était trop parfaite, trop tragique, comme s'il s'agissait d'une actrice oscarisée en train de jouer une scène célèbre… avec délectation.

– Je ne sais pas ce qui s'est passé, murmurait-elle. Le système d'ancrage était bon. On aurait dû utiliser un relais, mais on n'avait pas le temps. Et il aurait dû… mon Dieu ! C'est sûrement quelque chose dans son harnais qui n'a pas fonctionné. Peut-être que sa boucle n'était pas bien accrochée, ou alors les mousquetons ont été inversés…

Soudain, les impressions de Maggie se cristallisèrent. Comme si tout devenait parfaitement net.

C'est impossible. C'est faux.

Miles était trop doué pour commettre ce genre de bourde, sûr de lui mais prudent. Sa sœur se serait déjà bien contentée d'atteindre un tel niveau. *Jamais il ne négligerait un relais. En fait, c'est moi qui pratique ce genre d'acrobatie, et il crie après moi en disant que je vais me casser la figure si je ne fais pas plus attention.*

Miles n'aurait pas fait ça.

Autrement dit, Sylvia mentait.

Cette idée secoua Maggie, comme un raz de marée lui donnant l'impression de reculer à une vitesse vertigineuse.

Mais pourquoi ? Pourquoi Sylvia inventerait-elle une histoire aussi atroce ? Ça ne tenait pas debout.

Celle-ci se cachait le visage dans les mains.

– Je l'ai cherché, mais… il y avait cette cascade gelée… cette crevasse.

Ainsi, elle n'a pas retrouvé son corps…

Cette fois, ce fut une onde de chaleur qui traversa Maggie, curieusement, grâce aux yeux de Sylvia.

Ces yeux violets qu'elle avait gardés baissés depuis le début de ses explications se fixaient maintenant sur Maggie, du moins sur ses pieds. Elle les en détourna un instant, pour y revenir aussitôt.

Mes chaussettes, elle regarde mes chaussettes.

Une rouge et une bleue… et ça la chiffonne. Elle n'est pas plus émue qu'une actrice qui répéterait pour la millième fois son texte, au point de ne plus y faire attention.

Alors une sourde colère s'empara de Maggie. Cette fois, elle en était certaine.

Cette fille ment.

Elle doit avoir fait quelque chose d'épouvantable... et elle ne veut pas nous montrer le cadavre de Miles... à moins qu'il n'existe pas parce que mon frère est toujours vivant.

Oui ! Un fol espoir s'empara de Maggie. *Tout ça n'est qu'une comédie. Il n'y a aucune raison pour que Miles soit mort. Il ne me reste qu'à faire cracher la vérité à Sylvia.*

Cependant, personne dans la pièce ne semblait de cet avis. Ils restaient suspendus aux lèvres de la jeune femme et la croyaient.

– Je n'ai pas pu m'en aller à temps et j'ai dû m'abriter trois jours sous la tente. Quand j'en suis sortie, j'étais très faible mais j'ai pu attirer l'attention d'un groupe de grimpeurs qui m'ont sauvée et m'ont ramenée... Il était trop tard pour rechercher Miles. Je savais que la tempête l'avait emporté.

Là, elle s'effondra.

Le garde forestier confirma qu'avec une telle météo Miles n'aurait eu aucune chance de s'en tirer. Dans un gémissement, la mère de Maggie s'écroula au sol.

– Maman ! s'écria la jeune fille en se précipitant.

Son père parut enfin s'apercevoir qu'elle était là.

– Oh, Maggie, nous avons une mauvaise nouvelle !

Il veut me ménager, mais il ne se rend pas compte… je dois lui dire…

– Papa ! Écoute, il y a quelque chose…

– Maggie, coupa sa mère en tendant une main affolée. Ma pauvre petite fille, il s'est passé une chose effroyable…

Là-dessus, elle s'évanouit et son époux eut du mal à la soutenir. Le garde forestier et le shérif vinrent à la rescousse, mais déjà sa tête roulait sur le côté, les yeux mi-clos, la bouche bée. Effrayée, Maggie eut elle-même du mal à garder toute sa conscience.

– Où peut-on la… commença le policier.

– Sur le canapé, articula le père de Maggie.

Elle-même dut s'écarter du chemin, comme si elle n'avait pas sa place dans cette scène.

Ce fut là qu'elle perçut le murmure de Sylvia et en saisit peu à peu les paroles :

– Pardon, je suis désolée. Si je pouvais faire quelque chose… mais il faut que je rentre maintenant.

– Restez ici ! lui intima la shérif. Vous n'êtes pas en état de circuler seule. Normalement, on aurait dû vous conduire à l'hôpital, si vous n'aviez pas insisté pour venir ici d'abord.

– Je n'ai pas besoin d'aller à l'hôpital. Je suis juste fatiguée…

– Allez plutôt vous asseoir dans la voiture.

Sylvia obtempéra en hochant la tête. Elle avait l'air si fragile en se dirigeant vers les voitures de police…

Jolie sortie, pensa Maggie, *on entendrait presque les violons…*

Elle était bien la seule à en apprécier la beauté ; d'ailleurs, elle était la seule à regarder Sylvia s'éloigner… s'arrêter… changer de direction pour descendre la rue.

Et là, commence le générique.

Elle file vers son appartement.

Que faire ? se demanda Maggie pétrifiée. *Rester pour aider ma mère ?* Mais au fond d'elle-même, un élan furieux la poussait à suivre Sylvia.

Or, elle avait pour habitude de suivre son instinct.

Un court instant, elle demeura sur place, hésitante, le cœur battant si fort qu'elle en avait le tournis. Puis elle rentra la tête dans les épaules, serra les poings.

Attitude que ses équipières de foot auraient très bien reconnue : Maggie Brindacier avait pris sa décision et allait plonger au cœur de la bagarre. Attention, les gars, ça va chauffer !

En un coup de vent, elle fonça vers sa chambre.

Elle alluma et regarda autour d'elle comme si c'était la première fois qu'elle y mettait les pieds. De quoi avait-elle besoin… pourquoi ne rangeait-elle jamais rien, d'abord ?

Tirant sur deux draps de bain, elle en sortit une paire de baskets qu'elle enfila sur-le-champ. Pas le temps de changer son haut de pyjama ; elle saisit une veste bleu marine qui traînait par terre, tombant soudain nez à nez avec une photo coincée dans le cadre du miroir.

Un portrait de Miles, au sommet du mont Rainier, souriant, les pouces levés, le chapeau rabattu en arrière sur ses cheveux auburn qui brillaient au soleil comme de l'or rouge. Il était beau, un brin malicieux.

On avait ajouté cette inscription gribouillée au marqueur noir sur la neige : « Pour la plus autoritaire, la plus bruyante, la plus têtue, la MEILLEURE des petites sœurs du monde. Bisous. Miles. »

Sans trop savoir pourquoi, elle la décrocha, la fourra dans sa poche puis dévala l'escalier.

Tout le monde était rassemblé autour du canapé – même Jake reniflait dans les parages –, au point que Maggie ne voyait plus sa mère ; cependant, comme personne ne semblait s'affoler, elle en conclut que la situation n'était pas critique.

J'en ai juste pour quelques minutes. Pas la peine de leur dire quelque chose avant d'être sûre. Je serai sans doute rentrée avant qu'ils ne se rendent compte que je suis partie.

Faussement rassurée par cette excuse bidon, elle se faufila par la porte d'entrée, à la poursuite de Sylvia.

3

Bien entendu, il pleuvait. Pas violemment, juste une petite averse que Maggie remarqua à peine, mais qui lui colla les cheveux sur le front. Et masqua le bruit de ses pas.

Les nuages bas cachaient le mont Rainier ; par temps clair, le volcan dominait la ville tel un archange vengeur aux ailes déployées.

Je suis en train de suivre quelqu'un, se dit Maggie incrédule. Pourtant, elle descendait bien sa propre rue, tel un espion, évitant les voitures et se cachant derrière les buissons de rhododendrons.

Sans quitter des yeux la mince silhouette devant elle.

C'était même ce qui la poussait à continuer. Elle aurait dû se sentir malade, quasi honteuse de faire une chose pareille… mais pas cette nuit. Ce qui venait d'arriver lui ôtait tout complexe et, si elle commençait à se détendre intérieurement, à ressentir le picotement de l'incertitude, les souvenirs revenaient de plus belle, balayant tout le reste.

Le souvenir de la voix de Sylvia. *Peut-être que sa boucle n'était pas bien accrochée.* Et le souvenir de la main de sa mère qui retombait, toute molle, de son corps qui s'effondrait.

Je te suivrai où que tu ailles. Et là…

Là, elle ne savait pas trop. Elle se fiait à son instinct, le laissant la guider, plus fort, plus avisé qu'elle en cet instant.

L'appartement de Sylvia se trouvait loin de là, dans la cité universitaire ; le temps qu'elles y arrivent, la pluie avait redoublé. Maggie fut contente d'y échapper lorsqu'elles descendirent dans le garage.

Ce n'est pas très prudent, songea-t-elle en pénétrant dans ce couloir obscur. Sans plus d'anxiété que ça ; il ne s'agissait que d'une froide constatation. Elle se sentait capable de boxer n'importe quel agresseur, de le plaquer contre le mur.

Toujours à une distance respectable de Sylvia, qui venait d'appeler l'ascenseur, elle se dirigea vers l'escalier. Troisième étage. Maggie grimpa vite, sans s'essouffler. En débouchant sur le palier, elle vit que Sylvia s'apprêtait à frapper à une porte qui s'ouvrit sans lui laisser le temps de finir son geste ; sur le seuil, un garçon laissait sortir deux filles riant aux éclats. La musique jouait en fond et cela sentait l'encens.

Ils sont en pleine soirée, là.

Ce qui n'avait rien d'étonnant, puisqu'on était samedi. Sylvia vivait avec trois colocataires, et visiblement, c'étaient eux qui recevaient. Pourtant, en la croisant, les deux filles lui dirent aimablement bonsoir et elle leur répondit d'un sourire avant d'avancer dans le couloir.

Étrange attitude pour quelqu'un qui venait de perdre son copain. Là, on n'était plus vraiment dans le rôle de l'héroïne tragique.

Maggie s'aperçut que le garçon n'avait pas tout à fait refermé la porte. *Et si j'essayais ? En ayant l'air sûre de moi, je passerais sans peine.* Surtout ne pas tergiverser.

Pourvu que Sylvia ne s'aperçoive de rien. En restant bien derrière elle, je verrais à qui elle parle, j'entendrais ce qu'elle dit...

Les filles rieuses venaient d'entrer dans l'ascenseur. Maggie passa devant sans hésiter, poussa la porte de l'appartement et entra.

Garde un air confiant, se dit-elle en longeant un mur. Son entrée ne paraissait pas avoir causé de remue-ménage. C'était plus facile qu'elle ne l'aurait imaginé. L'appartement était très sombre et la musique pas trop forte ; tout le monde semblait discuter.

Le seul ennui étant qu'elle ne voyait plus Sylvia. Elle s'adossa au mur en attendant que sa vision s'adapte. *Ni là… ni à côté des enceintes. Peut-être plutôt dans une chambre, en train de se changer…*

Ce fut en se dirigeant vers l'étroit corridor qu'elle ressentit cette impression étrange qui se dégageait autant des lieux que de la fête… Bizarre. Au moins autant que Sylvia elle-même.

Le danger.

Cet endroit est dangereux.

Tous ces gens semblaient si beaux… ou plutôt affreux mais avec style, comme s'ils sortaient tout droit de MTV. Néanmoins, ils affichaient un regard digne des requins de l'aquarium de Seattle. D'une froideur qui se percevait plus qu'elle ne se voyait.

Il se passe des choses pas nettes ici. Peut-être que ce sont tous des dealers, ou alors des satanistes ? Ou encore une mafia jeune ? Enfin, quelque chose d'effrayant…

Maggie se sentait aussi tranquille qu'un chat hérissé.

Quand elle entendit une voix de fille retentir dans la première chambre, elle s'immobilisa dans l'espoir de reconnaître Sylvia.

– C'est vraiment l'endroit le plus secret que tu puisses imaginer !

Non, pas Sylvia. Maggie apercevait la fille par l'ouverture de la porte, pâle et ravissante, coiffée d'une natte noire, penchée vers un garçon dont elle caressait la main.

– Si incroyable, si mystérieux... c'est un endroit qui vient du passé, tu vois ; tellement ancien que tout le monde l'a oublié, mais il existe toujours. Bien sûr, ça reste terriblement dangereux... sauf pour nous...

Pas ce que je cherche, conclut Maggie qui cessa aussitôt d'écouter. Quelqu'un qui s'est trouvé un lieu de vacances tordu ; rien à voir avec Sylvia ou Miles.

Elle poursuivit sa filature. La porte du fond était close.

La chambre de Sylvia.

Elle est sûrement là, puisque je ne l'ai vue nulle part ailleurs.

Après avoir vérifié que personne ne la suivait, Maggie se rapprocha de la porte, collant l'oreille sur le panneau de bois peint en blanc, tout en surveillant les alentours du coin de l'œil. Elle retenait son souffle et s'efforçait de garder un air décontracté, mais son cœur battait si fort qu'elle l'entendait presque malgré la musique.

En tout cas, personne ne parlait à l'intérieur de cette pièce. Inutile de chercher à surprendre la moindre information ainsi.

Bon, j'y vais. Pas la peine de prendre des gants, de toute façon, elle s'en apercevra.

Autant foncer. Elle était si excitée qu'elle n'eut même pas besoin de se convaincre. Le corps tendu à l'extrême, elle ne ressentait pas la peur, malgré l'irrésistible impression de danger qui l'habitait ; sa rage, son ardeur à se lancer dans la bataille étaient trop fortes. Elle brûlait de casser quelque chose.

Sur le moment, elle dut se contenter de tourner brusquement la poignée et d'ouvrir en grand, malgré une légère résistance.

Une bouffée d'encens l'envahit, plus puissante encore que dans le living, plus entêtante et musquée, presque sucrée. Maggie se fraya un chemin dans une quasi-obscurité, et dès qu'elle eut lâché la porte, celle-ci claqua doucement.

Sylvia se tenait derrière son bureau.

Seule, toujours dans sa combinaison d'ascension, avec ses beaux cheveux brillants qui commençaient à sécher et à se dresser comme les plumes d'un angelot.

Elle semblait très occupée à remplir son brûleur d'encens en cuivre d'une poudre d'herbes aromatiques, celles-là mêmes qui répandaient une odeur si écœurante dans la pièce.

Maggie avait prévu – pour autant qu'on puisse prévoir quelque chose – de se planter droit devant elle pour lui faire peur et l'obliger à avouer. Elle allait lui dire : « Il faut que je te parle. »

Mais, sans lui laisser le temps d'articuler un mot, Sylvia lança, sans lever la tête :

– C'est ignoble, tu aurais pu au moins rester avec tes parents !

Elle parlait d'une voix langoureuse, sans se presser, sans y mettre non plus la moindre compassion.

Maggie s'arrêta net.

Elle me menace, là, ou quoi ? Si elle veut jouer à ça, on sera deux.

Néanmoins, un rien surprise, elle déglutit avant de laisser tomber :

– Je ne sais pas ce que tu racontes, mais au moins, tu ne joues plus les pleurnicheuses. Franchement, c'était trop nul.

– Je trouvais ça plutôt réussi, rétorqua Sylvia en ajoutant une pincée de poudre. Je suis sûre que les shérifs aussi étaient de cet avis.

De nouveau, Maggie en resta muette. Les événements ne se déroulaient pas du tout comme prévu. Sylvia paraissait trop calme, trop à l'aise, trop sûre d'elle.

Attends, ça ne va pas durer…

En fait, elle vient juste d'avouer qu'elle jouait la comédie. Alors tout ce cinéma sur la fin de Miles…

Prise de fureur, Maggie s'avança de trois pas.

– Tu sais très bien pourquoi je suis là. Je veux que tu me dises ce qui s'est vraiment passé avec mon frère.

– Je te l'ai dit...

– Arrête de mentir ! Je ne sais pas ce qui est arrivé, mais je suis en tout cas certaine que Miles n'aurait jamais commis la bêtise de ne pas accrocher sa boucle. Écoute, si c'est toi qui as fait ça... s'il est encore là-bas, blessé ou je ne sais quoi, et que tu as eu trop peur de l'avouer... tu as intérêt à me le dire maintenant.

C'était la première fois qu'elle formulait une raison aux mensonges de Sylvia.

Celle-ci releva enfin la tête.

Maggie n'en revenait pas. À la lueur de l'unique bougie, elle découvrait des yeux non plus violets mais grenat, virant au rouge, immenses, clairs aux reflets de la flamme.

– C'est comme ça que tu vois les choses ? demanda Sylvia.

– J'ai dit que je n'en savais rien, souffla Maggie soudain prise de vertige. Vous vous êtes disputés, ou quoi ? Tu t'es trouvé un autre copain ? Ou pire, vous n'êtes même pas partis grimper pour Halloween. Tout ce que je sais, c'est que tu as menti et qu'on n'est même pas censés retrouver un cadavre. Alors je veux la vérité !

Les flammes se reflétaient dans les pupilles de Sylvia.

– Tu sais ce que ton frère m'a dit sur toi ? Deux choses. D'abord, que tu n'abandonnais jamais. Il répétait : « Quand Maggie s'accroche, elle ne lâche plus prise, un vrai bull-terrier. » Ensuite, que tu te collais comme une ventouse à ceux qui avaient des ennuis, parce que tu avais un cœur gros comme ça.

Elle ajouta quelques pelures parfumées au mélange qui fumait dans le brûleur.

– Dommage, conclut-elle. Volontaire et compatissante. La recette idéale pour un désastre.

Cette fois, Maggie en avait assez.

– Qu'est-ce qui est arrivé à Miles ? Qu'est-ce que tu lui as fait ?

Sylvia partit d'un petit rire sibyllin.

– Tu ne devineras jamais, même si tu passes ta vie entière à chercher. Je le regrette, d'ailleurs. Je l'aimais bien. On se serait sûrement entendus, tous les deux.

Une seule chose intéressait vraiment Maggie :

– Il est mort ?

– Je t'ai dit que tu ne le retrouveras jamais. Même en te donnant toute cette peine.

Elle avait du mal à comprendre, mais s'en tenait à son objectif.

– Tu as un problème, je ne sais pas lequel. Tu dois être folle ou quelque chose de ce genre. Mais je te jure que si tu as fait quoi que ce soit à mon frère, je te tuerai.

Jamais elle n'avait prononcé de telles paroles, pourtant celles-ci lui étaient venues tout naturellement, avec force et conviction. Sa colère allait jusqu'à se refléter sur le visage de Sylvia, et une flamme douloureuse brûlait en elle.

– Alors, reprit-elle, tu vas me dire ce qui lui est arrivé, oui ou non ?

– Non.

Instinctivement, Maggie venait d'attraper Sylvia par le col de sa veste verte. Dans les yeux violets, elle vit briller une lueur intéressée, marquée d'un respect bien involontaire.

– Bon, tu vas me tuer, maintenant ? soupira la jeune femme en souriant.

– Espèce de...

– De quoi ?

Maggie cligna des paupières, tant ses yeux la brûlaient soudain. La fumée de l'encens montait droit vers son visage.

– Tu...

Je ne me sens pas bien…

Un vertige l'envahit, des ombres grises se mirent à danser, voilant sa vision. Le cœur retourné, elle se sentit prise de nausées.

– Ça ne va pas ? lui demanda Sylvia d'une voix lointaine.

L'encens.

– Qu'est-ce que tu m'as fait ? bredouilla Maggie.

Elle recula pour se dégager de la fumée, mais trop tard. Les genoux horriblement flageolants, le corps comme démantibulé, elle ne voyait plus qu'une forme grise qui s'agitait devant elle.

Elle sentit ses mollets heurter un lit, jusqu'à ce qu'ils ne la portent plus ; elle glissait à la renverse, incapable de se retenir avec les bras, et ses lèvres se mirent à trembler.

– Pendant un instant, j'ai cru avoir des ennuis, assura Sylvia. Mais je me trompais, tu n'es qu'une fille comme les autres, fragile, désarmée… ordinaire. Tu n'aurais jamais dû t'attaquer à moi, ni à mon peuple.

Je suis en train de mourir ou quoi ? se demandait Maggie. *Je ne suis plus moi-même. Je ne vois plus rien, je ne peux pas bouger…*

– Et tu oses venir m'agresser ! Tu croyais avoir une seule chance de gagner ?

Même la voix de Sylvia devenait de plus en plus confuse.

– Tu es nulle, ma pauvre fille ! Je vais t'apprendre ce qu'il en coûte de t'attaquer à une puissance véritable. Tu vas voir...

La voix disparut pour faire place à un bruit d'accélération, dans une totale obscurité.

Miles, songea Maggie. *Pardon...*

Et puis elle s'arrêta de penser.

4

Maggie rêvait. Elle le savait très bien et c'était déjà assez bizarre, mais il y avait mieux, car elle savait que ce n'était pas un rêve ordinaire.

C'était plutôt quelque chose qui... venait de l'extérieur d'elle-même... qu'on lui avait envoyé. Au fond de son esprit, elle cherchait l'expression qui pourrait le mieux décrire son sentiment d'agacement, alors que le reste de son être contemplait avec effroi ce qui l'entourait.

De la brume. Partout. Des vrilles blanches qui s'entrecroisaient gracieusement à travers sa vision et voletaient tels des génies sortis de la lampe. Elle avait l'impression que des formes sombres venaient vers elle, qui se mouvaient dans les coins de ses yeux et disparaissaient dès qu'elle cherchait à les fixer.

Elle avait la chair de poule ; non seulement à cause de la fraîcheur de la brume, mais aussi de ce cri déformé par la distance et qui semblait l'interroger à l'infini :

– Qui es-tu ?

Lâche-moi ! se dit Maggie. Elle secoua violemment la tête pour se débarrasser de cette sensation. *C'est juste un peu trop… gothique pour moi. Mes rêves sont-ils toujours aussi tordus ?*

Bientôt se produisit un événement qui la fit de nouveau frissonner, cette fois-ci d'inquiétude pure et simple. Parce que quelque chose arrivait dans le brouillard. À toute vitesse.

Elle se retourna, se raidit. Tout changea, brusquement.

La brume s'évanouit peu à peu, et elle distingua une silhouette obscure, se prit sur le moment à espérer que ce soit Miles, mais cette idée s'enfuit presque aussi vite qu'elle était arrivée. En fait, il s'agissait bien d'un garçon, mais d'un inconnu ; elle ne remettait ni son allure ni sa démarche. Il respirait difficilement, et lançait d'une voix désespérée :

– Où es-tu ? Où es-tu ?

C'était donc ça, pas : « Qui es-tu ? »

– Où es-tu, Maggie ? Où es-tu ?

À l'énoncé de son propre nom, elle tressaillit et soupira. Ce fut là qu'il se retourna et la vit.

Il s'arrêta net. La brume avait presque totalement disparu, si bien que son visage devenait parfaitement visible, affichant une expression de soulagement et de joie.

– Maggie, murmura-t-il.

Incapable de bouger, elle se disait seulement qu'elle ne le reconnaissait pas, qu'elle ne l'avait jamais vu. Pourtant, il la contemplait comme si... comme si elle représentait le centre de l'univers pour lui, comme s'il la cherchait depuis des années sans plus d'espoir de la trouver. Elle était trop étonnée pour réagir. En trois enjambées, il la rejoignit, posa les mains sur ses épaules.

Doucement. Sans donner l'impression qu'elle lui appartenait, mais comme s'il en avait absolument le droit, comme s'il cherchait à se convaincre qu'elle était bien réelle.

– Ça a marché, je m'en suis sorti, dit-il.

Jamais elle n'avait vu un être aussi beau. Les cheveux brun-noir, épais, un peu ébouriffés, ondulés. La peau blanche et nette, la mâchoire bien marquée, une bouche qui devait, en général, exprimer plutôt de la fierté et de la volonté, mais qui s'étirait là en une moue vulnérable.

Et, surtout, des yeux brillants d'un jaune doré.

Plus que le reste de son visage, pourtant remarquable, c'était ce regard intrépide qui la fascinait.

Non, elle ne l'avait jamais vu. Elle ne l'aurait pas oublié.

Le corps mince, d'allure athlétique, il mesurait une tête de plus qu'elle. Cependant, Maggie ne se sentait pas dominée, car il la considérait avec une telle tendresse, l'air implorant sous ses longs cils noirs...

– Bon, je sais que tu n'y comprends rien, et j'en suis désolé. Mais j'ai eu tellement de mal à m'en sortir... et puis, on n'a pas beaucoup de temps.

Stupéfaite, elle ne put que murmurer :

– Quoi ? Comment ça, tu t'en es sorti ?

– Laisse tomber. Maggie tu dois vivre, c'est le plus important. Dès que tu te réveilleras, tu devras sortir de cette maison.

– Pour aller où ?

Elle ne comprenait absolument rien, non par manque d'informations, mais parce qu'elle en recevait trop. Il fallait qu'elle se rappelle... Où s'était-elle endormie ? Il s'était passé quelque chose, à propos de Miles. Elle s'était inquiétée pour lui.

– Mon frère ! lança-t-elle soudain affolée. Je cherchais mon frère. Il faut que je le retrouve.

Même si elle ne se souvenait pas bien pourquoi.

Les yeux d'or s'embrumèrent.

– Tu ne dois pas penser à lui maintenant. Je suis désolé.

– Tu sais quelque chose sur…

– Maggie, l'important c'est que tu sortes d'ici saine et sauve. Il faut que tu t'en ailles dès ton réveil. Je vais te montrer le chemin.

Il tendit le doigt vers la brume, à travers laquelle se dessina soudain un paysage, lointain mais net, tel un film projeté sur un voile de fumée.

– Il y a un défilé, juste en dessous du grand rocher suspendu. Tu le vois ?

Elle ne comprenait pas pourquoi il tenait à lui montrer cela. Elle ne reconnaissait pas ces lieux qui pouvaient se trouver n'importe où entre les Olympiques et les Cascades dont elle apercevait les cimes au-delà des arbres.

– Repère-toi d'abord à ces trois pics de la même altitude et penchés l'un vers l'autre. C'est bon ? Ensuite, tu regardes en bas et tu trouves ce rocher suspendu, en forme de vague. Tu vois ?

Il parlait sur un ton si anxieux qu'elle se crut obligée de lui répondre :

– Je vois, mais…

– Alors souviens-t'en et trouve-le. Ne te retourne pas. Si tu arrives à t'en sortir, le reste n'aura pas d'importance. (Il lui opposait maintenant un visage blême aux traits glacés.) Le monde entier peut bien s'écrouler, pour ce que j'en ai à faire…

Soudain, avec cette brusquerie qui caractérisait chacun de ses mouvements, il se pencha pour l'embrasser.

Un baiser gentil, sur la joue. Elle sentit son souffle tiède lui effleurer la peau, puis les lèvres qui s'y posèrent légèrement se mirent à trembler, comme habitées d'une puissante émotion ; de la passion peut-être, ou une insoutenable tristesse.

– Je t'aime, lui chuchota-t-il à l'oreille. Je t'ai aimée, ne l'oublie jamais.

Au bord de l'étourdissement, Maggie ne percevait plus qu'une idée : il lui fallait repousser cet inconnu. Mais elle n'en avait pas envie. Si elle vibrait de peur, ce n'était pas à cause de lui. En fait, il lui inspirait une irrésistible sensation de paix et de sécurité. Un sentiment d'appartenance.

– Qui es-tu ? murmura-t-elle.

Il n'eut pas le temps de répondre, car tout était de nouveau bouleversé.

La brume revenait, brutalement, une véritable nappe de brouillard qui vous fondait dessus dans un silence de mort. Le corps ferme et tiède collé contre celui de Maggie parut se dématérialiser, comme vaporisé par les éléments.

– Attends…

C'était sa propre voix qu'elle entendait, marquée d'une intonation d'effroi, mais émoussée par le cocon nacré qui l'entourait.

Et l'inconnu disparut… Elle ne refermait plus les bras que sur du vide. Autour d'elle, tout était blanc.

5

Maggie se réveilla lentement.
Non sans difficulté.

Je dois être malade. C'était la seule explication qui lui venait à l'esprit. Le corps lourd et douloureux, la tête vibrante, les sinus complètement bouchés. Elle respirait par la bouche, qu'elle sentait desséchée, cartonneuse, la langue collée contre le palais.

J'ai rêvé. À peine faisait-elle ce constat que les images s'effritaient. Quelque chose à propos… de brouillard… Et d'un garçon.

Il lui semblait vaguement que c'était important, mais même cette importance lui échappait. D'ailleurs une autre considération venait balayer tout le reste. *Soif.* Elle mourait de soif.

Il me faut un verre d'eau…

Le seul fait de lever la tête et d'ouvrir les yeux lui demanda un effort énorme ; à mesure qu'elle l'accomplissait, toutefois, la situation paraissait se clarifier. Elle ne se trouvait pas dans sa chambre, mais dans une petite pièce sombre et malodorante qui remuait en tous sens au rythme d'un bruit extérieur qu'elle crut reconnaître.

Sa joue et ses doigts heurtaient régulièrement une planche de bois brut. Le plafond et les murs étaient faits de la même matière blanchâtre.

Qu'est-ce qu'une pièce minuscule, tout en bois et…

Pas une pièce, en fait. Un véhicule. Une espèce de chariot.

Aussitôt, elle identifia le bruit cadencé des sabots de chevaux.

Non, ce n'est pas vrai ! C'est trop bizarre. Je suis vraiment malade, j'hallucine.

Ça semblait terriblement réel pour une hallucination. Elle se sentait bel et bien traînée par un attelage sur un chemin cahoteux.

Alors, que se passait-il ? Que faisait-elle là ?

Quand est-ce que je me suis endormie ?

Une bouffée d'adrénaline ramena des souvenirs. Sylvia. L'encens…

Miles.

Miles est mort… non. C'est vrai que non. Sylvia l'a dit, mais elle mentait. Ensuite, elle a ajouté que je ne saurais jamais ce qui lui est arrivé. Et puis elle m'a droguée avec cette fumée.

C'était rassurant de pouvoir reconstituer ces événements ; si elle ne comprenait toujours rien au reste, au moins cela prouvait-il qu'elle avait gardé une solide mémoire.

– Tu es réveillée, constata une voix. Enfin ! La petite dit que tu dors depuis un jour et demi.

Maggie se souleva sur les coudes pour voir qui avait parlé. Une fille aux cheveux roux en bataille, au visage anguleux, à l'expression intense, au regard dur. Elle devait avoir son âge. À côté d'elle était assise une gamine de neuf ou dix ans, ravissante, toute fine, aux courts cheveux blonds sous une casquette de baseball rouge. Elle ouvrait de grands yeux effrayés.

– On se connaît ? balbutia Maggie, la langue plus sèche que jamais. Où est-ce qu'on va ?

– Ça… tu le sauras bientôt, dit la grande.

En regardant autour d'elle, Maggie découvrit une quatrième fille, blottie dans son coin, les yeux clos.

Elle se sentait toute bête, mais essaya de se reprendre.

– Qu'est-ce qui te fait dire que je dors depuis un jour et demi ?

– C'est elle qui dit ça, rectifia la fille rousse. Moi, je n'en sais rien. Ils m'ont embarquée il y a quelques heures ; j'avais presque réussi à m'enfuir de là-bas, mais ils m'ont rattrapée.

C'est alors que Maggie remarqua le bleu sur la pommette saillante de son interlocutrice, ainsi que sa lèvre gonflée.

– Où ça, là-bas ? articula-t-elle.

Comme personne ne répondait, elle continua :

– Écoute, je m'appelle Maggie Neely, je ne sais pas de quel endroit vous parlez ni ce que je fais là. Je me souviens juste qu'on m'a droguée. Sylvia Weald, ça vous dit quelque chose ?

La fille rousse la dévisageait en plissant ses yeux verts ; la petite blonde à la casquette sursauta ; quant à celle qui gisait à leurs pieds, elle ne bougeait toujours pas.

– Allez, dites-moi ce qui se passe !

– Tu ne le sais vraiment pas ?

– Si je le savais, je ne le demanderais pas mille fois !

– Tu as été vendue, expliqua la fille rousse, non sans une certaine délectation. Maintenant, tu es une esclave.

Maggie éclata de rire, ce qui ne fit qu'augmenter sa migraine. La petite blonde tressaillit de nouveau. Quelque chose dans son expression glaça les sangs de Maggie.

– Allez ! grommela-t-elle. C'est bon, ça n'existe plus, les esclaves !

– Là-bas, si. Mais tu n'as pas l'air de savoir où on se trouve.

– Dans l'État de Washington.

En prononçant ces mots, elle sentit son cœur se serrer.

– Faux. Ou bien vrai, mais ça n'a plus d'importance. Peut-être que, techniquement, on se trouve dans l'État de Washington, mais on est surtout en enfer.

Maggie commençait à s'énerver.

– Tu dérailles !

– Regarde par cette fente.

Il y avait beaucoup de fissures dans les parois du chariot, qui laissaient passer un peu de lumière. Maggie s'agenouilla, jeta un coup d'œil à l'extérieur.

Au début, elle ne distingua pas grand-chose, les cahots empêchant de fixer un objectif. Elle s'aperçut seulement qu'il semblait ne plus y avoir de couleur. Tout était soit phosphorescent, soit noir.

Et blanc. Ce blanc d'un ciel couvert derrière l'ombre d'une montagne, énorme, assez proche pour qu'on s'y heurte. Sur la pente escarpée se dressaient des arbres couleur d'ébène plutôt que verts, à demi avalés par la brume. Le sommet disparaissait complètement dans les nuages, si bien qu'on n'aurait su évaluer la hauteur de cette montagne.

Derrière s'en profilait une autre, et puis une autre encore ; Maggie pouvait à présent constater qu'il y en avait partout autour d'elles, les emprisonnant irrémédiablement.

C'était effrayant.

En principe, elle aimait bien les montagnes, mais elle en connaissait de plus aimables ; pas froides comme celles-ci, ni noyées dans un brouillard compact où pouvaient s'agiter mille fantômes qui surgissaient et s'éloignaient dans un gémissement quasi audible.

Un autre monde.

Elle se rassit lourdement, détourna la tête vers la fille rousse.

– On est où, là ? murmura-t-elle.

À son grand étonnement, l'autre ne s'esclaffa pas. L'expression absente, comme à l'évocation d'un terrible souvenir, elle répondit :

– C'est le coin le plus secret du Night World.

Maggie eut l'impression de sentir l'air froid de la montagne lui caresser le dos.

– Le quoi ?

– Le Night World. Une sorte d'organisation. Pour eux tous, tu vois ? Eux. Ceux qui ne sont pas humains.

Cette fois, Maggie ressentit comme un coup de poing dans l'estomac, sans trop savoir si cela provenait du fait qu'elle était enfermée là ou si, quelque part, elle avait déjà accepté ce que disait cette folle. Quoi qu'il en soit, elle mourait de peur et ne put prononcer un mot.

– Les vampires, insista la fille rousse avec un malin plaisir. Et les métamorphes et les sorcières...

Je n'y crois pas ! se dit Maggie. *Sylvia...*

Sylvia est une sorcière.

Elle ignorait comment elle le savait, et sans doute quelque part n'y croyait pas, mais ce mot grondait en elle telle une avalanche de plus en plus vigoureuse et rapide. L'encens, ces étranges yeux violets... et Miles qui était si vite tombé amoureux d'elle, au point de rompre à peu près tout contact avec la famille, de changer de personnalité, exactement comme s'il était envoûté, impuissant... *Oh, Miles, pourquoi n'ai-je pas compris... ?*

Je ne suis pas intelligente, mais j'ai toujours su percer les caractères. Et voilà que je me suis trompée juste pour le cas le plus important !

Malgré le chaos qui habitait son esprit, les paroles de la fille rousse lui parvenaient encore :

– Ils n'ont pas vraiment d'espace spécifique. En fait, la plupart habitent nos villes et s'efforcent de passer inaperçus. Mais cette vallée est spéciale ; elle a beau se trouver au milieu des Cascades, les humains ne l'ont jamais découverte, sans doute parce qu'elle est protégée par le brouillard et pas mal de sorts. Il existe bien un défilé pour l'atteindre, assez large pour les attelages, mais seules les créatures de la nuit le voient. On l'appelle le royaume des Ténèbres.

Oh, génial ! se dit Maggie. En tout cas, ça correspondait étrangement à ce qu'elle avait aperçu à l'extérieur. Impossible ou presque d'imaginer la lumière jaune du soleil sur ces lieux. Les bancs de brume y entretenaient une chatoyante atmosphère blanc argenté.

– Et, d'après toi, on est toutes... des esclaves, maintenant ? Mais vous, qu'est-ce que vous avez fait pour arriver jusqu'ici ?

Comme la fille rousse ne répondait pas, elle jeta un coup d'œil vers la petite blonde qui déglutit d'un air embarrassé avant de répondre d'une voix flûtée :

– Moi, je m'appelle Polly Penobscot. J'étais... ça m'est arrivé pendant Halloween, quand je demandais des bonbons. On n'avait pas le droit de s'éloigner trop de la maison, mais avec mon copain Aaron, on a traversé, et une voiture s'est arrêtée devant nous... Lui, il s'est enfui, mais moi, un homme m'a attrapée et m'a obligée à grimper dans la voiture. Il était fort.

– C'était un marchand d'esclaves, intervint la fille rousse. Tous les types que j'ai vus étaient des pros.

C'est pour ça qu'ils l'ont choisie, elle. Ils préfèrent les jolies esclaves.

– Et ensuite ? demanda Maggie à la petite.

– Ensuite, ils m'ont mis un mouchoir sur la figure… je n'arrêtais pas de me débattre, mais j'ai fini par m'endormir. Et je me suis réveillée dans leur entrepôt, enchaînée à un lit, toute seule. Jusqu'à ce qu'ils la ramènent.

Du menton, l'enfant désigna la jeune fille assoupie.

– Elle va bien ? demanda Maggie.

– Elle est malade. Ils l'ont laissée longtemps là-dedans, peut-être quatre jours, mais elle ne s'est jamais réveillée. Je crois que son état s'aggrave. Ils nous ont apporté un ou deux repas, et hier, c'est toi qu'ils ont amenée.

– Dans l'entrepôt ? s'enquit Maggie surprise.

Polly hocha solennellement la tête.

– Tu dormais aussi. Mais je ne sais pas ce qui s'est passé ensuite parce qu'ils m'ont de nouveau collé un mouchoir sous le nez. Je me suis réveillée dans une camionnette.

– Et moi, j'ai dormi tout ce temps-là ? insista Maggie.

– Ils ont dû te droguer un peu plus, intervint la fille rousse. C'est leur truc, d'abrutir les gens pour les empêcher de se débattre.

Maggie se mordillait les lèvres à l'idée que, peut-être, Sylvia n'était jamais allée grimper avec Miles.

– Alors, Polly, tu n'as pas vu d'autre esclave que cette fille ? Un garçon, peut-être ?

Elle sortit de sa poche la photo de Miles.

– Qui avait cette tête-là ?

– Jamais, non. Il te ressemble.

– C'est mon frère, Miles. Il a disparu le jour de Halloween, lui aussi. Je me suis dit que peut-être…

À tout hasard, elle montra la photo à la fille rousse.

– Jamais vu, trancha celle-ci.

Pour quelqu'un qui aimait tant raconter des histoires terribles, elle ne l'aidait pas beaucoup.

– Et toi ? Comment est-ce que tu t'es retrouvée là ?

– Je te l'ai dit ! Je m'enfuyais de la vallée. J'avais presque réussi à traverser le défilé quand ils m'ont rattrapée et jetée dans ce chariot. J'aurais dû les laisser me tuer.

– Arrête ! Ce n'est quand même pas…

– C'est pire, assura la fille rousse sans s'énerver. Mais je ne t'en dis pas plus, tu auras bien le temps de t'en rendre compte.

– Qu'est-ce que tu racontes ?

Les yeux verts brillaient d'un sombre éclat.

– Les créatures de la nuit doivent s'alimenter. Et pas n'importe comment, avec de la nourriture et de l'eau. Les vampires doivent boire du sang et les métamorphes manger de la chair fraîche. Tu comprends, comme ça ?

Pétrifiée, Maggie ne cherchait plus à minimiser la situation.

– Alors, maugréa-t-elle en serrant les poings, c'est clair, il faut nous échapper.

Comme la fille rousse partait d'un rire amer, Maggie se tourna vers Polly :

– Qu'est-ce que tu en penses ?

– Laisse-la, intervint l'autre. Tu ne sais pas de quoi tu parles. On n'est que des humains face aux créatures de la nuit. On ne peut rien contre ces gens-là, rien !

– Mais…

– Tu sais ce qu'ils font aux esclaves qui tentent de s'échapper ?

Là-dessus, la fille rousse tourna le dos à Maggie qui, sur le coup, se demanda si elle l'avait à ce point froissée. Cependant, sa voisine soulevait sa blouse et l'on pouvait croire qu'on avait joué au Tic-Tac-Toe à même sa peau. Des quadrillages de brûlures, des *X* et des O mal cicatrisés. Sans compter ceux qui avaient été tracés à la pointe d'un couteau aux endroits stratégiques du jeu.

Le souffle court, Maggie se sentit prise d'un haut-le-cœur et faillit perdre connaissance ; c'était comme si le monde se réduisait soudain à la seule dimension d'un trait de lumière. Cependant, elle n'avait pas la place de s'effondrer, si bien qu'elle ne fit que heurter la paroi du chariot, tressaillir et revenir à elle.

– Je n'y crois pas, ils t'ont fait ça ?

– Ce n'est rien. Ça, c'était à ma première tentative. Et là, comme je viens de recommencer, il ne vont pas me rater.

Elle laissa retomber sa blouse et Maggie ne parvint même pas à déglutir, tant elle avait la bouche sèche.

– Comment tu t'appelles ?

– Qu'est-ce que ça...

– Comment tu t'appelles ?

– Jeanne, pourquoi ?

– Écoute, Jeanne, il faut que ça s'arrête. On ne peut pas les laisser faire ça aux gens. Et on doit s'en sortir, nous aussi. Puisqu'ils sont déjà prêts à te punir pour tentative d'évasion, pourquoi ne pas essayer à nouveau ? Qu'est-ce que ça changera ?

Maggie se sentait calme, sûre d'elle et logique. Si elle n'oubliait pas ce qu'elle avait vu, elle se sentait un rien rassurée devant ce début de solution. Pas question de laisser passer une injustice. C'était simple. Une méchanceté demandait réparation, point.

Elle fondit en larmes.

Jeanne la dévisageait d'un air intrigué tandis que Polly se mettait à pleurer, elle aussi.

Pour autant, Maggie ne fut pas soulagée.

– Parce que tu as l'intention d'attaquer à toi toute seule le Night World ! railla Jeanne.

– Mais non, juste ceux qui sont là.

– Bon, alors je suis avec toi.

La réponse avait été si prompte que Maggie en tressaillit. Cependant, sa voisine continuait :

– Seulement, il va falloir trouver un moyen.

– On n'a qu'à ouvrir les portes du fond...

– Bouclées par des chaînes à l'extérieur. On n'a aucune chance.

Une image survenue de nulle part apparut à l'esprit de Maggie. Elle-même en compagnie de Miles sur le lac Chelan, faisant exprès d'agiter la barque en tous sens, malgré les cris de leur grand-père.

– Et si on se jetait de toutes nos forces d'un côté à l'autre ? Si on pouvait retourner le chariot, peut-être que les portières s'ouvriraient. C'est toujours comme ça que ça se passe avec les fourgons blindés dans les polars. Ou alors on pourrait enfoncer une paroi toutes ensemble.

– On pourrait aussi dégringoler dans le ravin, fit remarquer Jeanne. La route est étroite et la pente abrupte. Il vaudrait mieux essayer quand on atteindra la prairie. Je ne dis pas que ça marchera, il y a des chances que non, mais…

– Mais il faut essayer, trancha Maggie.

Un court instant, une sorte de courant passa entre elles.

– Une fois dehors, il faudra courir, et vite, parce qu'ils sont assis là-haut, reprit Jeanne en désignant le plafond. Ça fait un peu comme une diligence avec les deux types l'un à côté de l'autre. Les marchands d'esclaves ne sont pas des tendres. Ils ne nous laisseront aucune chance.

– Sauf si le chariot se retourne sur eux.

– À ta place je n'y compterais pas trop. Les créatures de la nuit sont fortes. Il en faut plus que ça pour les tuer. On ferait mieux de s'enfuir sans regarder derrière nous. Notre seule chance, ce sont les arbres… en espérant qu'on ne laissera pas trop de traces.

– Bon. Et toi, Polly, tu crois que tu y arriveras ?

La petite déglutit encore, mais acquiesça tout en retournant sa casquette, visière dans la nuque.

– Je cours vite, assura-t-elle.

Restait la jeune fille endormie. Maggie se tourna vers elle.

– Laisse tomber, conseilla Jeanne. On ne va pas l'emmener.

– Et pourquoi pas ? s'écria Maggie, indignée.

6

– Parce que ce n'est plus la peine, lâcha Jeanne qui avait retrouvé toute sa dureté. Elle est à moitié morte.

– Mais…

– Tu vois bien qu'elle ne ferait que nous retarder ! Elle ne peut pas courir, sans compter que d'après Polly, elle est aveugle.

Aveugle. Maggie en éprouva un nouveau choc. Comment pouvait-on se retrouver dans une telle situation, prisonnière, malade et aveugle ?

Elle lui secoua doucement l'épaule, regarda son visage.

En tous cas, elle est très belle.

Jolie peau café au lait, traits délicats, pommettes hautes, bouche parfaite, les cheveux noirs tirés en catogan, les paupières closes mais vibrantes, comme si elle rêvait.

Tout son être respirait une surprenante sérénité, une douceur, une quiétude… uniques.

– Hé ! Tu m'entends ? Je m'appelle Maggie. Et toi ?

Les cils frémirent, les lèvres s'entrouvrirent, murmurant des paroles inaudibles que, malgré sa stupéfaction, Maggie tâcha de discerner en se penchant sur elle.

– Arcadia ? répéta-t-elle.

Drôle de nom ; elle n'était pas certaine d'avoir bien entendu.

La jeune fille parut acquiescer, se remit à parler. *Ainsi, elle m'entend,* songea Maggie. *Elle répond.*

– D'accord. On peut t'appeler Cady ? Écoute, Cady, on se trouve dans une sale situation, mais on va essayer de s'échapper. Si on t'aide, tu crois que tu vas pouvoir courir ?

Après un nouveau tremblotement, les yeux s'ouvrirent. Des yeux de biche, extraordinairement grands et clairs, d'un brun ambré brillant d'un éclat intérieur. Sans doute étaient-ils aveugles, en tout cas, Maggie avait l'étrange sensation de les avoir déjà vus, beaucoup mieux que cela...

– Je vais essayer, bredouilla Cady. (Elle semblait assommée, épuisée mais encore maîtresse de ses idées.) Parfois, je me sens plus forte, pendant un certain temps.

Comme elle tentait de se redresser, Maggie l'aida à s'asseoir. *Elle est grande, mais toute légère… et j'ai de bons muscles. Je pourrai la soutenir.*

– Qu'est-ce que tu fais ? demanda Jeanne d'un ton alarmé. Ça va tourner à la catastrophe. Laisse-la dormir.

– Je ne sais pas à quoi tu joues, mais pas question de leur laisser quelqu'un. Tu serais contente qu'on t'abandonne, si c'était toi ?

Une lueur sauvage passa dans le regard vert.

– Je comprendrais, gronda-t-elle, parce que c'est la loi de la jungle, ici. Seuls les plus forts survivent. Les faibles… Autant les laisser mourir. Plus vite tu l'auras compris, plus tu auras de chances de t'en sortir.

Maggie en éprouva autant de colère que d'effroi, car Jeanne savait de quoi elle parlait. Elles allaient toutes échouer à cause de la faiblesse d'une seule qui risquait, de toute façon, de ne pas s'en sortir…

De nouveau, elle contempla le beau visage de la jeune fille. Arcadia devait avoir l'âge de Miles – dix-huit ou dix-neuf ans. Même si elle avait entendu les paroles de Jeanne, elle ne protesta pas, gardant son air aimable.

Je ne peux pas la laisser ici. Qu'est-ce que je dirais si Miles était vivant, blessé quelque part, et qu'on refusait de l'aider ?

– Écoute, rétorqua-t-elle finalement à Jeanne, ça ne te regarde pas. Occupe-toi déjà de Polly, veille à ce qu'elle s'en sorte, je me charge de Cady.

– Comme ça vous serez prises toutes les deux.

– Peut-être, mais ce n'est pas ton problème.

– Non, mais je te jure que je ne t'aiderai pas si tu as des ennuis.

– Je ne t'ai rien demandé. Tente ta chance de ton côté, moi je ne lâche pas Cady.

Jeanne paraissait furieuse, mais finalement, elle haussa les épaules, l'air faussement indifférent. Le lien qui l'avait unie un court instant à Maggie était rompu.

Elle jeta un coup d'œil par une fente derrière elle.

– Bon, énonça-t-elle d'un ton morne. De toute façon, on a intérêt à se préparer maintenant. Parce que ça va bientôt être à nous de jouer.

– Prête ? demanda Maggie.

Toutes les quatre s'étaient adossées aux deux parois du chariot, Jeanne et Polly d'un côté, Maggie de l'autre, et Cady dans le coin.

– À mon signal, vous sautez par ici, et on se jette toutes ensemble en arrière de la même façon.

Jeanne inspectait toujours l'extérieur.

– Allez, c'est bon, souffla-t-elle.

– On saute ! cria Maggie.

Elle craignait que Polly reste paralysée sur place mais, à l'instant où Jeanne se catapultait dans leur direction, la petite fit de même. Le chariot en fut violemment secoué, dans un grincement de bois irrité.

– En arrière ! cria Maggie.

Et tout le monde de se jeter en sens inverse, quitte à heurter la paroi et à se faire des bleus, et de nouveau l'attelage tangua comme un bateau en pleine tempête.

– Allez ! reprit-elle.

Dans un mouvement parfaitement synchrone, les trois filles recommencèrent de plus belle, unissant leurs forces dans le même objectif avec une exceptionnelle puissance. Ce qui ne suffit malheureusement pas à déséquilibrer le véhicule. Les deux conducteurs allaient sûrement venir mettre le holà.

– Allez ! cria-t-elle comme si elle encourageait son équipe de foot. Tout le monde en même temps, de toutes ses forces !

Elle se jeta vers la paroi opposée à l'instant où le chariot penchait le plus vers le sol et sentit les autres filles la rejoindre d'un même bond. Puis elle entendit Jeanne pousser un cri de rage en heurtant la paroi de bois.

Cette fois, tout parut se fendre, éclater avec une étonnante brutalité. Une sorte de gémissement jaillit du bois lui-même, tandis que les chevaux hennissaient de peur. Le sol se déroba sous elle et Maggie se sentit tomber.

Elle ne se doutait pas que le choc serait aussi puissant, aussi surprenant, qu'il l'entraînerait dans un tel chaos de hurlements et de sanglots, où tout s'écroulait, grinçait, glissait, dérapait au fond d'un sombre tunnel. Ballottée en tous sens, elle reçut des coups provenant des autres corps qui heurtaient le sien. Un genou lui cogna le nez, et sur le coup elle vit trente-six chandelles.

Puis tout s'arrêta.

Là, je nous ai tous tués.

Puis, elle réalisa qu'elle se retrouvait à la lumière du jour, certes pas très éblouissante, mais manifeste. Le chariot était complètement retourné et au fond les portières béaient, grandes ouvertes.

Exactement comme celles des fourgons blindés dans les films.

Dehors, un homme criait d'une voix folle furieuse. Ce qui eut tôt fait de chasser les derniers doutes de Maggie.

– Allez, on sort de là !

Jeanne rampait au sol sur la voûte renversée du chariot, vers la sortie.

– Ça va ? cria Maggie à Polly. Sauve-toi ! Va-t'en !

L'enfant lui opposa un petit visage effrayé, mais obtempéra sans un mot.

Cady gisait sur un tas de débris. Sans prendre le temps de s'expliquer, Maggie l'attrapa sous les bras et la tira vers la lumière.

Une fois dehors, elle vit Polly courir vers Jeanne qui lui faisait signe. Alors, elle tâcha de vérifier ce qui se passait autour d'elle : une rangée d'arbres, dont les cimes disparaissaient dans la brume.

Ah oui... la brume.

Cependant, le flash s'évanouit presque aussi vite qu'il était venu. Elle se mit à courir vers la forêt, portant à moitié Arcadia sur son dos, traversant une prairie qui devait resplendir de bleuets et de coquelicots au printemps. Là, ce n'était qu'une masse d'herbes hautes qui la ralentissaient dans sa course.

– Elles sont là-bas ! cria la voix impérieuse. Attrape-les !

Ne regarde pas derrière toi, songea-t-elle. *Ne ralentis pas.*

Pourtant, elle ne put s'empêcher de jeter un coup d'œil par-dessus son épaule et vit alors ce qu'il était advenu de l'attelage.

Il avait quitté une route étroite pour verser dans le ravin en contrebas. Par chance, sa chute avait été stoppée par une masse de rochers saillants. Le chariot ne ressemblait plus qu'à une boîte d'allumettes défoncée. Au-dessus, les chevaux semblaient emmêlés entre rênes, brancards et harnachements ; l'un d'eux, renversé, se débattait pour se relever. Maggie en éprouva un élan de compassion. *Pourvu qu'il ne se soit pas cassé les jambes.*

Et puis deux hommes dévalaient la colline.

C'étaient eux qui criaient ; et l'un tendait le doigt vers elle.

Va-t'en vite, Maggie ! Arrête de regarder derrière toi.

Entraînant toujours Cady, elle courut vers la forêt. Il fallait encore se trouver une cachette – derrière un buisson ou quelque chose comme ça. À moins de grimper dans un arbre...

Mais un regard vers Cady lui suffit à rejeter cette idée, son visage moite, ses yeux mi-clos, sa respiration haletante...

Au moins, Jeanne et Polly s'étaient-elles enfuies.

Derrière elle retentit un craquement, suivi d'une bordée de jurons. Elle se retourna encore, cette fois pour découvrir la silhouette d'un homme dans le brouillard.

Un homme effrayant, à l'aspect quasi surnaturel au milieu de ces volutes de brume, énorme, massif, aux bras lourdement musclés, à la taille étonnamment étroite, à l'expression cruelle.

– Gavin ! J'en tiens deux, cria-t-il.

Sans en écouter davantage, Maggie décampa.

La chasse dura longtemps, avec quelques pauses obligées quand elle n'en pouvait plus et s'arrêtait, le temps de souffler ou de chercher une cachette. Finalement, elle se réfugia avec Cady dans le tronc d'un arbre creux où toutes deux s'efforcèrent de reprendre leur souffle, sans faire de bruit lorsque leurs poursuivants passèrent devant elles dans un crissement de semelles écrasant les fougères. Elle sentait le cœur de la jeune fille battre contre l'écorce du pin et s'aperçut que ses lèvres remuaient sans émettre une parole.

À quelques mètres d'elles, un autre homme avait rejoint celui qu'elle connaissait déjà, et le premier avait une étrange façon de tourner la tête sur un cou anormalement long et souple en plissant les yeux. *On dirait qu'il nous flaire,* songea Maggie horrifiée.

– Tu ne détectes rien ? demanda-t-il à son compagnon.

– Non. Pas du tout. Et je ne vois rien non plus, avec tous ces arbres.

C'était le plus jeune qui avait répondu d'un ton impatient, sans doute le dénommé Gavin. En fait, il avait plutôt l'air d'un gamin, avec ses cheveux blonds, son nez fin et son menton pointu.

– Je ne les sens pas davantage, maugréa l'homme sans se presser. Et c'est bizarre. Elles ne peuvent pas s'être enfuies si loin. Elles doivent nous bloquer.

– Je me fiche de ce qu'elles font, dit Gavin. Il faut que nous les rattrapions, maintenant, et vite. Ce ne sont pas des esclaves ordinaires. Si nous ne livrons pas cette demoiselle, nous sommes morts. Tu es mort, Bern.

Une demoiselle ? se dit Maggie. *C'est peut-être important, dans ces contrées, d'avoir une demoiselle pour esclave. Mais de laquelle d'entre nous parle-t-il ? Pas de moi, je ne suis pas importante.*

– Nous allons la ramener, assura Bern.

– Ça vaudrait mieux, sinon j'irai la trouver pour lui dire que c'est ta faute. On nous avait pourtant prévenus qu'il ne fallait pas que ça arrive.

– Et ça n'arrivera pas, conclut Bern en tournant les talons.

Gavin le suivit un instant des yeux, puis lui emboîta le pas.

Maggie poussa un soupir et s'aperçut que Cady avait cessé de remuer les lèvres.

– On s'en va, murmura-t-elle avant de partir dans la direction opposée à celle des deux hommes.

Et la course reprit de plus belle, de nouveau ponctuée de pauses pour respirer et dresser l'oreille, surveiller les alentours. Cette forêt était affreuse, plongée dans un crépuscule irréel, aux ombres d'autant plus menaçantes qu'elles s'estompaient dans la brume, parmi les troncs renversés. On se serait cru dans le royaume d'une mauvaise fée. Elle n'y voyait qu'un seul avantage : l'humidité qui atténuait le bruit des pas.

Pourtant, le silence ambiant devenait pesant. Même pas de corbeau ou de mésange, encore moins de cerf ou de lapin – juste les broussailles, les branches devant le ciel, à l'infini.

Jusqu'au moment où apparut une autre prairie. Maggie commença par chercher du regard une cachette possible. Rien. La forêt s'arrêtait là, ensuite une masse de rochers clôturaient l'étendue herbeuse.

On devrait peut-être revenir sur nos pas...

Mais les voix résonnaient dans la forêt derrière elles.

Sur les rochers donnait un sentier qui serpentait le long du flanc de la montagne. *Si on passe le virage à temps,* se dit Maggie, *on sera en sécurité, car ils ne nous verront plus.*

Entraînant Cady, elle se dirigea vers les rochers. Ils ne correspondaient pas au paysage, tels d'énormes dépôts de granit laissés par un ancien glacier. Maggie en escalada un sans difficulté, puis se pencha vers Cady.

– Donne-moi ton bras. Il y a un sentier, là-haut. Il va falloir grimper un peu.

Cady leva la face vers elle. *Bon,* se dit Maggie, *elle ne me voit pas, mais c'est tout comme.* Étrange sensation que ces yeux aveugles qui semblaient pourtant tout percevoir.

– Tu devrais me laisser là.

– Ne dis pas de bêtises. Vite, donne-moi ta main.

– Non, vas-y.

Elle semblait aussi sûre d'elle qu'épuisée, et si sa tranquillité ne l'avait pas quittée, elle devenait maintenant résignation.

– Je ne ferais que te ralentir, ajouta-t-elle. Et si je reste là, ça te donnera un peu plus de temps pour t'enfuir.

– Je ne vais nulle part sans toi ! Allez !

Arcadia hésita encore une seconde, l'expression marquée d'une infinie tendresse, avant d'attraper la main de Maggie – avec précision.

Sans perdre un instant, Maggie l'attira vers elle et toutes deux reprirent leur route. Mais cette tergiversation les avait retardées. Elle entendait les hommes se rapprocher.

Quand elles atteignirent le sommet de la masse rocailleuse, le spectacle qui s'offrit à sa vue provoqua comme une décharge électrique à travers son corps.

Elles se retrouvaient au bord d'un escarpement dénudé, sans aucune jonction avec le sentier en surplomb. Et, en dessous d'elles, un ravin abrupt plongeait trente mètres plus bas sur une gorge étroite.

Elle avait entraîné Cady dans un véritable piège.

Il n'y avait aucune issue.

7

Maggie aurait pu accéder à ce sentier si elle avait été seule ; ce n'était pas une escalade compliquée, du troisième degré au maximum. Mais elle ne pouvait envisager d'entraîner Arcadia dans une telle entreprise.

Et plus le temps de retourner dans la forêt.

Cette fois, ils nous tiennent.

– Descends, souffla-t-elle à Cady.

Il y avait un creux à la base des rochers, mais qui ne pourrait contenir plus d'une personne. À peine la jeune fille s'y fut-elle réfugiée qu'un cri retentit à l'orée de la forêt.

Maggie se plaqua contre la paroi rocheuse glissante de mousse. Elle se sentait aussi visible qu'un lézard sur un mur. Et elle ne pouvait rien faire d'autre qu'attendre en écoutant les deux hommes s'interpeller à mesure qu'ils approchaient.

Bientôt, elle perçut leur souffle court, à l'entrée du champ de rochers.

– On n'est nulle part, là… lança la voix juvénile de Gavin.

– Si, elles sont là.

Ça, bien sûr, c'était Bern.

Et là résonna, affolant, le grognement d'un grimpeur en plein effort. *On est fichues.*

Du regard, Maggie cherchait désespérément un objet qui lui servirait d'arme. Elle fut surprise d'en trouver un à sa portée, comme s'il avait été disposé là pour elle, et s'en empara le cœur battant : une branche morte coincée entre deux rochers au-dessus de sa tête, beaucoup plus lourde qu'il n'y paraissait – le climat devait être trop humide pour laisser jamais les choses sécher.

D'ailleurs, les rochers aussi sont humides, donc glissants. Autre avantage, on ne passe qu'un par un. Moi aussi je pourrais peut-être les repousser l'un après l'autre…

– Ne bouge pas, souffla-t-elle à Cady. J'ai une idée.

Celle-ci semblait au-delà de l'épuisement, les jambes tremblantes, son beau visage défait, la respiration irrégulière, ses cheveux répandus sur les épaules comme un châle.

Maggie se retourna, la gorge serrée, se prépara, mais lorsque survint ce qu'elle guettait, elle sursauta, comme si elle ne s'y attendait pas. Comment croire qu'elle voyait le sommet d'un crâne presque rasé, puis son front, puis sa face à l'expression impitoyable ? Bern. Il grimpait telle une araignée, s'agrippant avec l'extrémité de ses doigts. Ses larges épaules apparurent, suivies de son torse puissant.

Il regardait fixement Maggie. Au point qu'elle se sentit presque détachée de son corps, comme si elle pouvait flotter à côté. Elle ne s'évanouit pas, demeurant immobile malgré les sursauts de terreur qui la parcouraient – solidement accrochée à son bâton.

Bern ne cessait de sourire, mais ses yeux restaient ternes, inexpressifs, à croire qu'il ne pouvait communiquer avec son esprit.

Il n'est pas humain. C'est... autre chose.

Elle en était absolument certaine.

Apparut alors une jambe aux muscles protubérants sous le jean : il se hissa sur le rocher, s'y tint debout, la dominant de toute sa taille, grand comme une montagne.

Maggie brandissait son bâton.

– N'approchez pas !

– Toi, tu m'as déjà causé assez d'ennuis comme ça. Je vais te montrer quelque chose.

Un léger bruit se fit entendre derrière elle. C'était Cady qui essayait de remonter.

– Arrête ! lui ordonna Maggie.

De toute façon, la jeune fille ne pouvait se dégager seule. Après quelques tentatives infructueuses, elle se laissa retomber, les yeux clos.

Maggie se retourna juste à temps pour voir Bern fondre sur elle. D'un mouvement totalement instinctif, elle leva son bâton et frappa, non pas à la tête ni au bas-ventre mais sur une excroissance du rocher, devant les pieds de l'homme, formant une barrière pour le faire tomber.

Cela faillit fonctionner.

Ralenti dans sa course, Bern trébucha ; toutefois, ce n'était pas qu'une brute tout en muscles, il se redressa vite, fit porter son poids sur une jambe pour retrouver l'équilibre.

Maggie essaya de dégager son bâton afin de s'en servir à nouveau, mais Bern était rapide, il le lui arracha des mains, lui laissant quelques échardes au passage. Après quoi il le projeta au loin, telle une lance. Elle l'entendit s'écraser sur le chemin tandis que les grosses mains de Bern, qui la dominait de toute sa masse, s'abattaient sur elle.

– Tu tiens vraiment à m'embêter ? Regarde donc ça !

Ses yeux n'étaient plus aussi inexpressifs. La colère émanait de lui comme une forte odeur animale. Et là...

Il se transforma.

Maggie n'avait jamais rien vu de tel, ces traits qui se déformaient et se froissaient, ces cheveux sombres qui ondulaient, comme s'ils étaient en train de pousser, et se répandaient sur son visage ; malgré son épouvante et son dégoût, elle ne pouvait s'empêcher de regarder.

Les yeux rapetissaient, mais leurs iris bruns couvraient peu à peu le blanc. La bouche pointait en avant, tandis que le menton disparaissait. Deux oreilles se déployaient comme d'affreuses fleurs au sommet de sa tête tandis que son corps prenait une forme gigantesque, arrondie. Ses larges épaules, sa taille avaient disparu, ses longues jambes faisaient place à de courtes pattes.

Il n'avait pas lâché Maggie, cependant ce n'étaient plus des mains qui la tenaient, mais des griffes d'une force incroyable. Elle n'avait plus affaire à une personne, mais à un être colossal à l'allure vaguement humaine. Un ours brun qui la dévisageait avec une évidente délectation et empestait tant qu'elle en avait la nausée.

Je viens d'assister à la transformation d'un métamorphe, se dit-elle subjuguée. *Finalement, Jeanne avait raison.*

Malheureusement pour Cady et Miles, elle avait manqué sa tentative. Sylvia avait tout compris : elle n'était qu'une fille ordinaire. Et aussi complètement idiote.

Un peu plus loin, Gavin riait méchamment, comme s'il assistait à un divertissement.

L'ours ouvrit la gueule, laissant apparaître des dents d'ivoire, assombries aux racines et pleines de bave qui coulait sur les poils de sa mâchoire. Ses grosses pattes griffues s'approchèrent encore de Maggie, et là…

La foudre frappa.

Du moins était-ce l'impression que cela donnait. Un éclair aussi éblouissant que le soleil, mais bleu, qui parut bifurquer en tous sens puis revenir à la charge, comme s'il était vivant.

Il électrocutait l'ours.

Atteint en pleine nuque, l'animal s'était raidi, la tête rejetée en arrière, la gueule béante.

Au loin, à peine audible, Gavin poussait un cri de terreur, la bouche ouverte, lui aussi pétrifié.

Pourtant ce n'était pas un véritable éclair : il ne cessait de claquer et de heurter Bern en prenant mille formes différentes. Des étincelles jaillissaient de la fourrure sur le ventre, et autour du museau.

Maggie eut l'impression de voir le feu lui brûler la gorge.

Dans un hurlement d'effroi, Gavin prit ses jambes à son cou. Maggie ne se donna pas la peine de vérifier dans quelle direction il allait, car une seule pensée occupait son esprit : il fallait que Bern la lâche.

Elle ne comprenait pas ce qui lui arrivait, mais savait qu'il allait mourir, et qu'à ce moment-là il dégringolerait dans le ravin en l'entraînant avec lui.

Elle sentait l'odeur de brûlé maintenant, de peau et de fourrure grillées. Il cuisait de l'intérieur.

Il faut que je me dépêche.

Mais elle eut beau se débattre, donner coups de poing et coups de pied, les griffes ne faisaient que se resserrer davantage, comme par réflexe. Elle essaya de le repousser en y mettant toutes ses forces. Sans résultat. C'était comme si on l'étouffait dans une peau d'ours qui empestait et prenait feu. Elle ignorait pourquoi cette foudre ne la tuait pas elle aussi. Tout ce qu'elle savait, c'était qu'elle allait mourir, écrasée par la taille et le poids de cet animal.

Dans un dernier soubresaut, elle lui balança dans le bas-ventre un coup de pied aussi violent que le lui permettaient encore ses forces, sentit la résistance de cette masse énorme contre son tibia et fut la première étonnée de le voir reculer, desserrer l'étreinte de ses pattes de devant.

En tombant sur le rocher, Maggie déploya instinctivement les bras, à la recherche d'une anfractuosité à laquelle s'accrocher. Au-dessus d'elle, la bête restait immobile et tremblante, toujours transpercée de cet incroyable éclair d'énergie bleue qui la traversait comme une lance. Et puis, aussi vite qu'il était arrivé, il disparut. L'ours tituba un instant, puis s'écroula telle une marionnette dont on aurait coupé les fils.

Basculant en arrière, il dévala la pente en rebondissant ; alors, Maggie détourna la tête.

Ses paupières demeuraient empreintes d'un fouillis d'images rémanentes jaunes et noires. Elle respirait si vite que cela lui donnait le vertige et elle ne sentait pour ainsi dire plus ses bras ni ses jambes.

Comment expliquer ce qui s'était passé ?

L'éclair lui avait sauvé la vie. Pourtant, elle n'avait jamais eu affaire à un phénomène aussi effrayant.

Magique, complètement magique. Si je tournais un film, ce serait tout à fait le genre d'effets spéciaux que j'y mettrais.

Elle releva lentement la tête.

C'était arrivé par là, du haut de cette plate-forme. Maintenant qu'elle regardait dans cette direction, elle y voyait un garçon.

Il semblait décontracté, en train d'envelopper son poignet dans un mouchoir qui s'imprégnait de sang.

Il n'est pas beaucoup plus âgé que moi, songea-t-elle étonnée. *Ou... peut-être que si ?* Il y avait ce petit quelque chose en lui, une assurance peu commune dans sa façon de se tenir, une sombre autorité dans ses mouvements, qui lui donnaient plutôt l'air d'un adulte.

Et puis il était remarquablement vêtu, comme un riche marchand de la Renaissance. Maggie s'était rendue à une foire en Oregon qui faisait revivre cette époque, où tout le monde, en costume, se gavait de cuisses de dindes rôties et s'affrontait en joutes. Ce garçon portait des bottes à mi-genoux et une grande cape noire sous laquelle il aurait pu ranger une épée.

Dans les rues de Seattle, Maggie aurait plutôt souri en le croisant. Mais là, elle n'avait aucune envie de se moquer.

Le royaume des Ténèbres, songea-t-elle. *Esclaves, demoiselles, métamorphes... et magie. Ce doit être un magicien. Dans quoi me suis-je fourrée ?*

Le cœur battant, la bouche desséchée, elle ressentait pourtant quelque chose de plus fort que la peur s'immiscer en elle. La gratitude.

– Merci, dit-elle.

Il ne leva même pas les yeux.

– Pour quoi ? demanda-t-il d'un ton sec.

– Pour m'avoir sauvée. Je veux dire… c'est toi qui as fait ça, non ?

Cette fois, il se donna la peine de la regarder, d'un air peu aimable.

– Fait quoi ?

Maintenant, c'était elle qui le dévisageait, soudain frappée par l'évidence qui dansait aux frontières de son esprit.

J'ai rêvé… c'est vrai. Et il y avait dans mon rêve quelqu'un qui te ressemblait, mais qui n'avait pas la même expression. Et il a dit… il a dit quelque chose d'important…

Elle n'arrivait pas à se souvenir ! Le garçon la regardait encore, attendait impatiemment.

– Cette… chose. (Elle remua les doigts comme pour solliciter des vagues d'énergie.) Cette chose qui l'a chassé de la colline. C'est toi.

– La Flamme bleue ? Évidemment. Qui d'autre en a le pouvoir ? Mais ce n'est pas pour toi que je l'ai fait.

Déconcertée, elle ne savait plus quoi dire. D'un côté, elle avait envie de l'interroger, de l'autre, elle l'aurait bien envoyé promener. Et puis il y avait aussi cette légère envie de fuir comme Gavin.

La curiosité l'emporta.

– Alors, pourquoi as-tu fait ça ?

Le garçon jeta un coup d'œil vers ses pieds.

– Il m'avait jeté un bâton. Du bois. Alors je l'ai tué. Voilà tout.

Ce n'est pas sur toi qu'il l'a jeté, pensa Maggie. Cependant, le garçon poursuivit :

– Je me fichais de ce qu'il pouvait te faire. Tu n'es qu'une esclave. Et lui, ce n'était qu'un métamorphe avec une cervelle d'animal. Vous ne comptez pas plus l'un que l'autre.

– Bon… n'empêche que ça nous a sauvées toutes les deux… rétorqua-t-elle en jetant un regard vers Arcadia.

Elle s'interrompit brusquement :

– Cady ?

Elle sauta sur les rochers pour rejoindre la jeune fille.

Arcadia gisait toujours dans son refuge, mais le corps avachi, la tête renversée, les yeux clos, les traits tirés.

– Cady ! Tu m'entends ?

Le temps d'une affreuse seconde, Maggie la crut morte. Puis elle vit sa poitrine se soulever lentement, au rythme d'une faible respiration. Même à cette distance, elle sentait monter la chaleur de la fièvre qui l'habitait.

Elle a trop couru, elle s'est trop dépensée, ça n'a fait qu'aggraver son état. Il faut lui porter secours.

Cependant, le garçon en avait fini avec son mouchoir et ouvrait maintenant un sac de cuir.

À y regarder de plus près, elle vit qu'il s'agissait d'une sorte de gourde. Il s'apprêtait à y boire.

De l'eau.

D'un seul coup, elle eut à nouveau conscience de sa propre soif, dont la souffrance était passée au second plan depuis qu'elle avait tenté d'échapper aux marchands d'esclaves. Mais maintenant, cela redevenait plus fort que tout, la brûlant d'un feu insupportable.

Et pour Arcadia, c'était encore pire.

– S'il te plaît, implora-t-elle. Tu peux nous en donner ? Lance-la-moi, je saurai l'attraper.

Il la considéra d'un air plus agacé qu'étonné.

– Et comment est-ce que je la récupère ?

– Je te la rapporte. Je peux grimper.

– Sûrement pas.

– Regarde.

Elle grimpa. Ce fut aussi facile qu'elle l'avait imaginé, avec plein de saillies pour s'accrocher.

En se hissant sur la plate-forme près de lui, elle découvrit du respect dans son regard quelque peu réticent.

– Tu es rapide, constata-t-il. Tiens.

Il lui tendit le sac de cuir.

Mais Maggie n'arrêtait pas de le scruter. De si près, l'impression de déjà-vu était plus saisissante que jamais.

C'était toi, dans mon rêve. Pas juste quelqu'un qui te ressemblait. Elle reconnaissait tout en lui. Ce corps souple et délicat, cette façon qu'il avait de se tenir, comme mû par une tension retenue. Ces cheveux noirs aux ondulations rebelles. Ce visage crispé, ces pommettes saillantes, cette bouche volontaire.

Et surtout ces yeux dorés striés de noir, intrépides sous leurs longs cils, qui semblaient scintiller à l'infini. Fenêtres sur un esprit d'une folle intelligence.

La seule différence restait son expression. Dans le rêve, il s'était montré anxieux et tendre. Là, il avait l'air sombre, amer… et glacial.

Pourtant c'était bien toi, pensa encore Maggie. *Pas juste quelqu'un qui te ressemblait, parce que je ne crois pas qu'il existe au monde quelqu'un qui te ressemble.*

L'air pensif, elle laissa tomber :

– Je m'appelle Maggie Neely. Et toi ?

Il en parut stupéfait, écarquilla les yeux, fronça les sourcils…

– Comment oses-tu me demander ça ? s'exclama-t-il.

Il paraissait sincère en posant cette question tout juste digne d'un film ringard.

– J'ai rêvé de toi, avoua Maggie sans se démonter. Enfin… je dirais plutôt qu'on m'a envoyé ce rêve. Tu n'arrêtais pas de dire que je devais faire quelque chose…

– Je me fiche de tes rêves. Tu veux cette eau, oui ou non ?

De nouveau consciente de sa soif, elle attrapa vivement la gourde qu'il lui tendait. Mais il ne la lâcha pas pour autant.

– Il y en a juste assez pour une personne, gronda-t-il. Bois ici.

Elle cligna des yeux en se rendant compte à quel point la gourde était légère, tâta le cuir pour évaluer son contenu.

– Cady en a besoin aussi. Elle est malade.

– Elle est plus que malade. Elle est presque morte. Ça ne servirait à rien de lui en donner.

Ce n'est pas vrai, songea Maggie. *Il parle comme Jeanne.*

– Et alors ? Si je veux partager avec elle, ça me regarde, non ? Qu'est-ce que ça peut te faire ?

– Ce serait idiot. Il y en a juste assez pour une personne.

– Écoute…

– Tu n'as pas peur de moi, dirait-on ! coupa-t-il.

Les yeux jaune doré la fixaient comme s'ils pouvaient lire dans ses pensées. Bizarrement, elle n'avait pas peur, en effet, pas vraiment... Mais rien ne la ferait reculer.

– De toute façon, c'est mon eau, reprit-il. Alors je te répète qu'il y en a juste assez pour toi. Tu as déjà été assez bête pour essayer de protéger cette fille au lieu de t'enfuir. Oublie-la, maintenant.

Une étrange impression s'empara de Maggie, mais elle n'avait pas le temps d'analyser ses états d'âme pour le moment.

– Bon. C'est ton eau, lâcha-t-elle d'un ton aussi cassant que lui. Et il y en a juste assez pour une personne.

Elle tira plus fort sur la gourde, et cette fois il lâcha prise. Aussitôt, elle se détourna vers les rochers où gisait encore Cady, apprécia la distance, repérant au passage que l'un d'eux s'incurvait en forme de berceau.

Facile. La gourde va rebondir et atterrir à ses pieds.

– Attends !

Elle allait la lancer, quand l'ordre retentit derrière elle, impérieux, cinglant, plus brutal que la poigne qui se referma sur son bras.

– À quoi joues-tu ? cracha le garçon furieux.

8

– Que fais-tu ? insista-t-il avec véhémence.

– Je jette la gourde là-bas…

Il est si fort… je n'ai jamais vu quelqu'un d'aussi fort. Il pourrait me casser le bras sans même y penser.

– Je le sais ! Mais pourquoi ?

– Parce que c'est plus facile que de l'emporter entre mes dents.

Ce n'était évidemment pas la vraie raison ; en fait, Maggie cherchait surtout à ne pas se laisser tenter. Elle avait tellement soif qu'elle croyait devenir folle et avait peur de ne plus pouvoir se retenir longtemps devant cette poche de bonne eau fraîche…

Et lui qui la contemplait de ses yeux stupéfiants, comme s'il cherchait à pénétrer son cerveau. Il y parvint suffisamment pour comprendre qu'elle ne lui avait pas répondu la vérité.

– Petite sotte ! articula-t-il. Tu ferais mieux d'écouter ton corps qui te réclame ce dont il a besoin. On ne peut pas ignorer la soif. On ne peut pas la nier.

– Mais si !

Cependant, elle sentait son poignet s'affaiblir. Si cela continuait, elle allait lâcher la gourde qui tomberait n'importe où.

– Non, rétorqua-t-il dans un sifflement. Je le saurais.

Et il lui montra ses dents.

Elle aurait dû s'y attendre.

Jeanne l'avait pourtant prévenue. Vampires, sorcières et métamorphes... Sylvia n'était-elle pas une sorcière, et Bern un métamorphe ?

Ce garçon était un vampire.

Bizarrement, il ne devenait pas aussi hideux que Bern quand il changeait. Son visage semblait juste plus pâle, plus fin, comme sculpté dans la glace. Ses yeux dorés brûlaient d'un éclat plus brillant, ombrés de longs cils qui n'en paraissaient que plus noirs ; ses pupilles se dilatèrent, d'une noirceur qui semblait capable d'engloutir n'importe qui.

Mais c'était surtout sa bouche qui surprenait, encore plus volontaire, plus dédaigneuse et maussade – assez étirée pour laisser pointer ses crocs.

Impressionnants, les crocs. Longs, translucides, blancs, effilés sur de délicates pointes, telles des canines de félin, brillants comme des pierres précieuses. Non pas de ces défenses jaunâtres comme celles de Bern, mais de délicats instruments de mort.

Mais l'étonnement de Maggie se portait ailleurs : comment cet être, qui ne ressemblait à rien de ce qu'elle avait vu jusque-là, pouvait-il lui paraître si normal ? Elle avait juste affaire à quelqu'un de différent, pas plus extraordinaire en soi qu'un humain ou qu'un ours, et qui avait autant le droit de vivre qu'eux.

Ce qui ne signifiait pas pour autant qu'elle n'en ait pas peur. Mais c'était autre chose. Au lieu de rester paralysée, elle se sentait prête à réagir. À se défendre si nécessaire. Elle avait déjà beaucoup changé depuis son entrée dans la vallée : à présent, la peur avait plutôt tendance à la stimuler.

S'il faut que je me défende, j'aurai besoin de mes deux mains. Et puis, autant ne pas lui montrer que j'ai peur.

– Peut-être que toi tu ne peux pas ignorer ta soif, rétorqua-t-elle d'une voix qu'elle parvint à maintenir ferme. Mais moi, ça va. Sauf que tu me fais mal au bras. Tu pourrais me lâcher ?

Un éclair traversa les yeux jaunes ; elle crut qu'il l'attaquait. Mais les paupières se rabaissèrent et il la lâcha.

Le bras de Maggie s'affaissa, la gourde tomba de ses doigts inertes pour atterrir doucement à ses pieds. Elle se frotta la main.

Et ne releva pas la tête quand il demanda, avec une pointe d'hostilité :

– Tu n'as pas peur de moi ?

– Si.

À plusieurs titres d'ailleurs, pas seulement parce que c'était un vampire ou parce qu'il avait le pouvoir d'envoyer des flammes bleues à vingt mètres à la ronde, mais parce qu'il était lui ; son comportement l'impressionnait.

– Mais qu'est-ce que ça change ? ajouta-t-elle. Si tu veux me faire du mal, je me défendrai, et jusqu'à maintenant, tu ne m'as rien fait. Si, tu m'as aidée.

– Je t'ai dit que je n'avais pas fait ça pour toi. Et tu ne t'en sortiras pas si tu continues à te conduire comme une idiote.

– Une idiote ?

D'un seul coup, les iris semblaient se teinter de mordoré et les crocs avaient disparu pour laisser place à cette bouche dédaigneuse et aristocratique.

– Tu fais trop confiance aux gens. Tu t'en occupes trop. Tu ne sais pas que seuls les forts peuvent se comporter ainsi ? Les faibles ne sont que des poids morts… et si tu essaies de les aider, ils vont t'entraîner dans leur chute avec eux.

– Cady n'est pas faible, mais malade. Elle pourra s'en remettre… si on lui donne la chance de s'en sortir. Si on ne s'entraide pas, qu'est-ce qu'on va devenir, tous autant qu'on est ?

Il lui opposa un regard exaspéré, qu'elle soutint un instant, avant de se pencher pour ramasser la gourde.

– Je vais lui donner à boire, maintenant. Je reviens.

– Attends.

S'il avait parlé toujours aussi sèchement, cette fois au moins, il ne lui avait pas saisi le bras.

– Quoi ?

– Suis-moi.

Là-dessus, il se tourna sans vérifier si elle obtempérait. À l'évidence, il s'attendait à être obéi en toute circonstance.

– Apporte la gourde, ajouta-t-il sans regarder par-dessus son épaule.

Maggie hésita un instant, jeta un coup d'œil vers Cady, à l'abri au creux de ses rochers, et suivit le garçon. Un étroit sentier contournait la colline, abrupt, entrecoupé de plaques d'ardoise aux rebords aiguisés comme des lames de rasoir, qu'elle contourna prudemment.

Devant elle, le garçon disparut soudain derrière la paroi et en s'avançant, Maggie aperçut une grotte.

Son entrée était étroite, à peine une fente, au point qu'il fallait s'y faufiler de profil. À l'intérieur régnaient l'humidité et un froid de pierre. Aucune lumière ou presque ne filtrait du dehors, si bien que Maggie dut cligner des yeux avant de s'habituer à la semi-obscurité. Un crissement retentit, comme si on craquait une allumette ; une petite flamme s'éleva dans une odeur de soufre et le garçon réapparut, éclairant une vasque creusée à même la roche.

Maggie en resta le souffle coupé. À la lumière apparaissaient de grandes ombres mouvantes, mais aussi d'innombrables scintillements de quartz le long des parois. La grotte était devenue un lieu d'enchantement.

Aux pieds du garçon rayonnait une lueur d'argent. Dans le silence feutré, on percevait le tintement des gouttes d'eau.

– C'est un bassin, expliqua-t-il. Alimenté d'eau de source. Froide, mais potable.

De l'eau. Un élan de désir saisit Maggie. Elle s'avança de trois pas, se laissa tomber en avant, plongeant les mains sous la surface, laissant la fraîcheur lui inonder les bras, puis remonta ses paumes, comme chargées de diamants liquides.

Jamais elle n'avait rien bu de meilleur que cette eau, pas un soda, pas un thé glacé par les plus chaudes journées d'été ne coulerait ainsi dans sa bouche desséchée, le long de sa gorge déshydratée – pour aller se répandre dans tout son corps, l'apaisant, le faisant revivre. Une lumière cristalline envahit son esprit. Elle buvait et buvait dans un état de pur bonheur.

Enfin assouvie, elle plongea la gourde dans l'eau.

– Pour quoi faire ? demanda le garçon d'un ton presque résigné.

– Cady. Il faut que je lui en rapporte.

Maggie se rassit sur ses talons pour mieux contempler la silhouette à demi plongée dans l'ombre, entourée de lueurs mouvantes.

– Merci, souffla-t-elle d'une voix légèrement tremblante. Je crois que tu viens encore de me sauver la vie.

– Tu avais vraiment soif !

– Oui.

Elle se releva.

– Mais quand tu as compris qu'il n'y aurait pas assez d'eau, tu étais prête à la lui donner.

– Oui.

– Même si tu devais en mourir ?

– Je ne suis pas morte. Et je n'en avais pas l'intention. Enfin... bon, si je n'avais pas eu le choix... Écoute, j'ai pris cette fille sous ma responsabilité. C'est comme quand on adopte un chat, ou... ou comme quand on est une reine ou je ne sais quoi. Si tu te dis responsable de tes sujets, tu dois l'être... jusqu'au bout.

Une lueur traversa les yeux jaune doré, éclair de colère ou étincelle d'étonnement. Mais il demeura silencieux.

– Ça n'a rien d'extraordinaire de s'entraider, reprit Maggie. Personne ne fait ça ici ?

Il partit d'un rire bref.

– Pas vraiment. Les nobles savent s'occuper d'eux. Et les esclaves doivent s'entretuer pour survivre. Ce que tu devrais savoir. Mais tu n'es pas d'ici, évidemment. Tu es du Dehors.

– Je me demandais si tu en avais entendu parler, avoua-t-elle.

– En principe, nous n'avons aucun contact. Il n'y en a plus eu depuis au moins cinq cents ans. Mais quand mon... quand l'ancien roi est mort, on a rouvert le défilé pour faire venir des esclaves du Dehors. Du sang neuf.

Les hommes des montagnes, pensa Maggie. Depuis des années couraient des rumeurs sur les Cascades, au sujet d'hommes qui vivaient cachés parmi les glaciers et tendaient des pièges aux grimpeurs. Des hommes ou des monstres. Après tout, depuis toujours des randonneurs prétendaient y avoir rencontré Bigfoot.

C'était peut-être le cas – à moins qu'ils n'aient croisé un métamorphe comme Bern.

– Et tu trouves ça bien ? dit-elle à haute voix. Capturer des gens du monde extérieur pour en faire des esclaves !

– Pas des gens, des humains. Les humains sont des vermines ; ils ne sont pas intelligents.

Il avait dit ça le plus tranquillement du monde, en la regardant droit dans les yeux.

– Tu es malade ? s'écria-t-elle les poings serrés.

Elle sentait le vertige lui battre les tempes. Le contrecoup de la soif. Plissant les paupières, elle ajouta :

– Je te signale que tu parles à une humaine, en ce moment. Je suis intelligente ou pas ?

– Tu es une esclave dénuée de manières. Et la loi m'autorise à te tuer pour me parler sur ce ton.

Il avait dit ça de façon si froide, si arrogante... Pourtant, Maggie avait de plus en plus de mal à le croire.

Impossible qu'elle ne représente pas davantage à ses yeux. Parce que c'était bien le garçon de son rêve.

Ce garçon si doux, si attentionné, qui l'avait dévisagée avec une telle flamme dans le regard, qui l'avait étreinte avec une telle intensité, le cœur battant contre le sien, le souffle sur sa joue. Ce garçon avait été bien réel… et même si ça ne rimait à rien, Maggie en était certaine. Alors celui-ci pouvait bien se montrer le plus méprisant du monde, ils devaient bien avoir un lien quelconque.

Ce qui ne le rendait pas moins effrayant. Mais elle ne reculerait pas.

– Dans mon rêve, rétorqua-t-elle en s'avançant d'un pas vers lui, tu t'intéressais au moins à un humain. Tu voulais t'occuper de moi.

– Tu n'as même pas le droit de rêver de moi.

Cependant Maggie s'approchait encore, au point de provoquer chez lui une réaction stupéfiante : il recula.

– Pourquoi ? Parce que je suis une esclave ? Je suis une personne. (Elle avança encore d'un pas, le défiant toujours du regard.) Et je ne crois pas que tu sois aussi mauvais que tu me le dis. Je crois avoir vu dans mon rêve qui tu étais vraiment.

Cette fois, il ne pouvait plus reculer, la paroi de la grotte l'en empêchait.

– Tu es folle. Pourquoi voudrais-je m'occuper de toi ? En quel honneur ?

Bonne question. Sur le coup, elle resta interdite, sentit les larmes lui monter aux yeux.

– Je ne sais pas, reconnut-elle. Je n'ai rien d'extraordinaire. N'empêche que tu m'as sauvé la vie quand Bern allait me tuer, et que tu m'as donné de l'eau quand j'en avais besoin. Tu peux dire tout ce que tu voudras, les faits sont là. Tu es sans doute capable de t'inquiéter pour quelqu'un d'autre, même inconsciemment. Ou…

Elle n'acheva pas sa phrase.

Instinctivement, tout en parlant, elle avait, comme chaque fois qu'elle éprouvait une grande émotion, tendu le bras vers lui pour lui saisir les poignets.

Ce fut alors qu'elle perdit la voix et que ses pensées s'embrouillèrent, car il se produisit une chose qu'elle n'aurait su expliquer, plus étrange que tous les royaumes secrets, tous les vampires, toutes les sorcelleries.

À l'instant où elle refermait les doigts sur ses mains, alors qu'effectivement leurs peaux se rencontraient pour la première fois, elle éprouva d'abord une secousse désagréable, qui lui coupa le souffle ; mais elle ne put le lâcher, comme électrocutée.

La flamme bleue, songea-t-elle affolée. *Il me fait la même chose qu'à Bern.*

Cependant, elle comprit vite que ce n'était pas ça. Pas l'énergie sauvage qui avait tué Bern. D'ailleurs, ce n'était pas ce garçon qui lui faisait ça. C'était une chose qui leur arrivait à tous les deux à la fois, issue d'une force inimaginable, totalement extérieure.

Et ça voulait... ouvrir un passage. Maggie n'aurait su décrire autrement la scène. Une voie aveuglante se traçait dans son esprit, qui menait tout droit vers lui.

Elle avait l'impression de se retrouver face à l'âme d'une autre personne. Une âme éperdue, sans protection, qui communiquait déjà avec elle.

C'était de loin la sensation la plus intense qu'elle eût jamais éprouvée. Elle en eut de nouveau le tournis ; des étoiles devant les yeux, elle s'écroula en avant, les jambes flageolantes.

Il la rattrapa, mais ne put se maintenir debout lui non plus. Maggie le perçut d'autant plus qu'elle savait ce qui se passait dans son propre corps. Il tomba à genoux, sans la lâcher.

– *Qu'est-ce que tu me fais ?*

C'était une pensée. Qui provenait non de Maggie, mais de lui.

– Je ne sais pas… Ce n'est pas moi… Je ne comprends pas.

Elle ignorait comment transmettre ses pensées à quelqu'un d'autre. Mais elle n'en avait pas besoin, cela fonctionnait tout seul. Une pure ligne de communication s'était ouverte entre eux. C'était puissant, sauvage, un peu comme s'ils étaient collés l'un à l'autre par la foudre, mais c'était aussi tellement merveilleux qu'elle en frissonnait et ne savait plus que penser.

Elle se sentait transportée vers un lieu nouveau, inouï, inconnu d'à peu près tout le monde. Autour d'elle l'atmosphère vibrait, comme agitée d'ailes invisibles.

C'est comme ça qu'on devrait tous être, songea-t-elle. *Unis comme ça. Ouverts l'un à l'autre. Sans rien se cacher, sans mur pour nous séparer.*

Une autre parole surgit, brutale comme un coup de marteau.

– Non !

Si froide. Si négative que Maggie en resta un instant interdite. Et puis elle comprit d'où cela provenait.

La colère… et la peur. Il redoutait ce qui lui arrivait, se sentait envahi, à découvert.

– *Oui, eh bien moi aussi !* rétorqua-t-elle mentalement.

Non qu'elle n'ait pas peur, mais cette peur n'avait pas lieu d'être. La force qui les habitait était tellement plus puissante qu'eux-mêmes, si démesurément ancienne, que la peur, bien que naturelle, devenait sans importance. La même lumière brillait à travers chacun d'eux, écartant leurs cuirasses, les rendant transparents l'un à l'autre.

– *Pour toi, ce n'est pas grave. Parce que tu n'as rien fait de honteux !*

L'idée était passée si vite que Maggie n'aurait pu jurer l'avoir entendue.

– *Qu'est-ce que tu veux dire ? Attends… Delos.*

Il s'appelait ainsi. Delos Redfern. Elle le savait maintenant, aussi indubitablement qu'elle connaissait les noms des membres de sa propre famille. Elle se rendait également compte, quoique cela lui semble moins crucial, que c'était un prince. Un prince vampire, né pour régner sur ce royaume secret, puisque la famille Redfern le dirigeait depuis des années.

– *L'ancien roi était ton père,* constata-t-elle. *Il est mort il y a trois ans, quand tu avais quatorze ans. Depuis, c'est toi qui gouvernes.*

Il s'éloignait mentalement d'elle, en essayant de couper le contact entre eux.

– *Ça ne te regarde pas,* gronda-t-il.

– *Attends.*

À force de le poursuivre mentalement, essayant de le rattraper, de l'aider, elle vit se produire autre chose, comme un second éclair.

9

Elle était dans son esprit. Il l'entourait de partout, tel un monde étrange et périlleux. Un monde effrayant, mais aussi empli d'une sombre beauté.

Tout n'était qu'angles, comme si elle venait de tomber dans un cristal géant. Tout scintillait, froid, clair, aigu. La lumière se reflétait en éclats de couleur, au cœur de l'éblouissante transparence du glacier.

Vraiment dangereux, songea Maggie. Les pointes de cristaux autour d'elle présentaient des lames comme des épées. À croire que ces lieux n'avaient jamais connu de douces couleurs.

– *Et tu vis là ?* demanda-t-elle mentalement à Delos.

– *Va-t'en,* répondit-il dans un vent polaire. *Va-t'en !*

– *Non,* dit Maggie. *Tu ne peux pas me faire peur. J'en ai déjà escaladé, des glaciers !*

Alors seulement, elle comprit ce qu'évoquaient ces lieux : un sommet. Une cime dénudée où nulle plante – encore moins un humain – ne saurait survivre.

– *Mais il ne t'est jamais rien arrivé de bon ?* s'étonna-t-elle. *Tu n'as jamais eu d'ami... ni d'animal... ou quoi que ce soit d'autre ?*

– *Aucun ami,* répondit-il sèchement. *Aucun animal. Va-t'en avant que je ne te fasse du mal.*

Maggie ne répondit pas, parce que, à mesure qu'il parlait, les choses changeaient autour d'elle. Comme si les surfaces scintillantes des cristaux voisins se mettaient à refléter des scènes, de parfaites petites images habitées de personnes. Dès qu'elle en contemplait une, celle-ci enflait et semblait l'envelopper.

C'étaient ses souvenirs à lui. Elle apercevait des bribes de son enfance.

Elle voyait un gamin considéré comme une arme dès le jour de sa naissance. Autour de lui, il n'était question que de prophétie. Elle voyait des hommes et des femmes rassemblés autour d'un garçonnet de quatre ans, aux grands yeux dorés bordés de cils noirs écarquillés de frayeur.

« Il n'y a pas de doute », disait le vieux professeur.

Maggie savait qui c'était parce que Delos le savait et qu'elle était dans l'esprit de Delos.

« Cet enfant fait partie des Puissances sauvages », reprit le professeur d'un ton ébahi... et apeuré.

Ses mains tremblantes effleuraient un manuscrit friable. Dès qu'elle l'aperçut, Maggie sut qu'il s'agissait là d'écrits très anciens gardés depuis des siècles dans le royaume des Ténèbres, perdus depuis longtemps pour le monde du Dehors.

« Quatre Puissances sauvages, continua-t-il, qui devront intervenir au jour de l'apocalypse pour sauver le monde... ou pour le détruire. La prophétie dit d'où elles viendront. »

Et de lire :

« L'une de la terre de rois longtemps oubliés ;
L'une du foyer où vit encore l'étincelle ;
L'une du Day World où deux yeux veillent ;
L'une du crépuscule qui épousera l'obscurité. »

Le petit Delos examinait ces visages alignés, écoutant ces paroles sans les comprendre.

« La terre de rois longtemps oubliés, dit une femme. Ce doit être le royaume des Ténèbres.

– D'ailleurs, nous avons vu de quoi il était capable, renchérit un homme de haute taille. C'est bien une Puissance sauvage. La Flamme bleue est dans son sang. Il a appris trop tôt à s'en servir ; il ne sait pas la contrôler, regardez. »

Il brandit le bras gauche de l'enfant, un peu tordu, les doigts crispés, immobiles.

Delos tenta de se libérer, mais il était trop faible. Et les adultes ne le regardaient déjà plus.

« Le roi veut que nous trouvions des sortilèges pour maîtriser son pouvoir, dit encore la femme. Sinon, il pourrait se blesser irrémédiablement.

– Sans parler du tort qu'il pourrait nous causer », ajouta l'homme en éclatant d'un rire mauvais.

Le petit garçon restait immobile tel un pantin abandonné, mais son regard doré se durcissait, sa mâchoire se crispait, tant il avait de mal à retenir ses larmes.

– *C'est terrible,* commenta Maggie indignée. *Quelle terrible enfance ! Il n'y avait personne pour s'occuper de toi ? Ton père ?*

– *Va-t'en,* insista-t-il. *Je n'ai pas besoin de ta commisération.*

– *Et ton bras...* continua-t-elle sans tenir compte de ses pensées glaciales. *C'est ce qui se passe quand tu utilises la Flamme bleue ?*

Il ne répondit pas, du moins pas par une pensée qu'il lui adressait directement. Mais un autre souvenir se refléta dans un cristal et Maggie vit le petit Delos, alors âgé de cinq ans, le bras enveloppé dans une sorte d'attelle de sortilèges autant que de maléfices, afin de maîtriser la Flamme bleue.

« Voilà, déclara la femme qui avait déjà parlé dans le cercle d'hommes. À présent, nous pouvons totalement le contrôler.

– En es-tu sûre ? Vous, les sorcières, commettez parfois des erreurs. Tu es certaine qu'il ne peut plus s'en servir ? »

Son interlocuteur était un homme de haute taille au visage maigre et austère – et aux yeux jaune doré, comme ceux de Delos.

– *Ton père,* songea Maggie. *Il s'appelait... Tormentil ? Mais...*

Elle ne put en dire davantage, mais trouvait qu'il n'avait pas l'air d'un père aimant. Il ressemblait aux autres hommes présents dans la salle.

« Tant que je ne lèverai pas les maléfices, il ne pourra rien faire. J'en suis certaine, majesté. »

À ce dernier mot, Maggie ressentit un léger choc. Elle n'avait pas l'habitude d'entendre prononcer une telle formule. Cet homme était donc bien roi.

« Plus on les lui laissera, plus il s'affaiblira, poursuivait la femme. Et il ne pourra jamais s'en débarrasser lui-même. Quant à moi, je le pourrai, à tout moment...

– Mais il peut encore servir d'arme ?

– Oui. Toutefois, le sang devra couler avant qu'il ne puisse utiliser la Flamme bleue.

– Montre-moi ça. »

Elle murmura quelques mots, puis ôta l'attelle du bras du garçon, sortit un couteau de sa ceinture et, d'un geste sûr, comme celui de la grand-mère de Maggie pour vider un saumon, lui entailla le poignet.

Le gamin ne broncha pas. Il gardait les yeux fixés sur son père tandis que son sang s'égouttait sur le sol.

« Je n'approuve pas, intervint le vieux professeur. La Flamme bleue ne doit pas être utilisée ainsi, et puis elle lui abîmera le bras chaque fois qu'il...

– À présent, coupa le roi en s'adressant directement à l'enfant, tu vas me montrer comme tu es fort, mon fils. Envoie la Flamme bleue sur... (Il désigna le professeur.) Disons sur lui.

– Majesté ! » glapit celui-ci en reculant vers le mur.

L'enfant écarquillait de grands yeux effrayés.

« Allons ! ordonna le roi. (Comme le petit faisait non de la tête, il posa une main impérieuse sur son épaule.) Fais ce que je te dis ! »

Delos se tourna vers le vieillard qui gémissait en se protégeant déjà de ses mains tremblantes.

Le roi souleva le bras de l'enfant.

« Allons, petit ! Obéis ! »

Une flamme bleue jaillit, tel un jet d'eau d'un tuyau, et frappa le professeur horrifié qu'elle plaqua contre le mur. D'un seul coup, il disparut, ne laissant derrière lui qu'une trace noircie aux membres écartés.

« Intéressant, constata le roi en relâchant son fils. À vrai dire, je croyais qu'il serait plus puissant, qu'il abattrait le mur.

– Donnez-lui du temps, souffla la femme en déglutissant.

– Peu importe, il nous servira quand même. Et vous tous, souvenez-vous, les temps sombres arrivent. Mais quoi qu'il arrive au-dehors, ce royaume survivra. »

Cependant, le petit garçon ne pouvait quitter des yeux l'endroit où son professeur s'était volatilisé. Il demeurait assis, le visage blême mais impassible.

Maggie tentait de reprendre son souffle.

– C'est… je n'avais jamais rien vu d'aussi terrible. On t'a obligé à tuer ton professeur… Il t'a obligé… Ton père !

Elle ne savait que dire et cherchait à voir, à parler en personne à Delos, à lui prendre la main. Pour le réconforter.

– Je suis désolée que tu aies connu une telle enfance.

– Ne dis pas de bêtises. J'ai grandi, je suis fort, maintenant. C'est tout ce qui compte.

– Tu as grandi sans personne pour t'aimer.

Il lui lança une pensée glacée.

– L'amour c'est pour les êtres faibles. C'est une illusion. Qui peut se révéler mortelle.

Elle avait envie de le secouer.

– Et cette histoire de fin du monde… qu'est-ce que ça signifiait ?

– Exactement ce que tu as entendu. Les prophéties vont se réaliser. Le monde des humains va s'achever dans le sang et l'obscurité. Alors, les créatures de la nuit reprendront le pouvoir.

Et voilà pourquoi on a transformé un enfant de cinq ans en arme mortelle ? Maggie sentit que Delos avait capté sa pensée.

– Je suis ce que je devais être, dit-il. *Et je ne désire rien d'autre.*

– Tu en es sûr ?

Maggie regarda autour d'elle. Sans pouvoir mettre le doigt dessus, elle cherchait quelque chose... pour lui prouver...

Une scène apparut sur un cristal.

Le petit Delos à huit ans, devant des rochers grands comme des voitures, son père derrière lui.

« Allez ! »

Dès que le roi eut parlé, l'enfant leva le bras. Une flamme bleue scintilla. Un rocher éclata en mille morceaux.

« Encore ! »

Un autre rocher explosa.

« Plus de puissance ! Tu ne fais aucun effort. Tu ne sers à rien. »

La masse entière se désintégra. La Flamme bleue jaillit de nouveau, emportant un bouquet d'arbres sur le flanc de la montagne. Avec un sourire cruel, le roi frappa son fils dans le dos.

« C'est mieux. »

– *Non. C'est terrible,* dit Maggie. *C'est mal. Regarde comment ce devrait être.*

Et elle lui transmit des images de sa propre famille. Non qu'elle prenne les Neely pour des êtres exceptionnels ; ils étaient comme tout le monde, se disputaient parfois très fort. Mais ils connaissaient aussi de bons moments, et c'était ce qu'elle lui montrait. Sa propre vie...

Elle en train de rire devant son père qui lui grille des marshmallows pendant des vacances en camping. Elle en train de renifler la térébenthine que sa mère utilise quand elle peint. Elle, perchée sur le guidon d'un vélo pendant que Miles pédale derrière, poussant des cris en dévalant la colline. Elle, réveillée par la langue et les jappements de Jake. Elle, en train de souffler ses bougies d'anniversaire. Elle, en train d'accueillir Miles avec un pistolet à eau...

– *Qui est-ce ?* demanda Delos.

Il semblait se détendre devant ces étranges souvenirs pleins de soleil, de maisons modernes, de bicyclettes – et se poser des questions sur ces gens bizarres. Du moins jusqu'à ce qu'elle lui présente Miles à seize ans, qui ressemblait tant au Miles d'aujourd'hui.

– *Mon frère. Il a dix-huit ans et vient de commencer l'université. C'est à cause de lui que je suis là. Il a fait la connaissance de cette fille qui s'appelle Sylvia... je crois que c'est une sorcière. Et il a disparu. Je suis allée voir Sylvia et je me suis retrouvée dans un chariot de marchands d'esclaves, dans un pays dont j'ignorais l'existence.*

– *Ah… je vois.*

– *Delos, tu le connais ? Tu l'as déjà vu ?*

Elle s'efforça de garder son calme ; jusque-là, elle avait cru pouvoir capter toutes ses pensées, les voir se refléter dans les cristaux autour d'eux. Mais maintenant, elle n'était plus sûre de rien.

– *Tu ferais mieux de laisser tomber,* conseilla-t-il.

– *Je ne peux pas. C'est mon frère ! S'il a des ennuis, je dois le trouver, l'aider… Voilà ce que je tâche de t'expliquer. On s'aide mutuellement.*

– *Pourquoi ?*

– *Parce que. Parce que tout le monde fait ça. Même toi, tu dois le comprendre au fond de toi. Tu essayais de m'aider dans mon rêve…*

Elle le sentit reculer.

– *Tes rêves ne sont que des illusions.*

– *Non. Pas celui-ci. Je l'ai fait avant de te rencontrer.*

De nouveaux détails lui revenaient. Tout semblait se remettre en place et elle voyait à présent ce qu'elle devait faire.

Le montrer à Delos.

Dans la brume, la silhouette apparut, qui l'appelait ; son visage se teinta de joie quand il l'aperçut. Il posa les mains sur elle, une inexprimable tendresse dans les yeux.

– Et là… je me rappelle ! Tu m'as dit de chercher un défilé, sous un rocher en forme de vague. Tu m'as dit de partir d'ici, de m'échapper. Et là…

En revoyant ce qui s'était passé, elle chancela.

Et là, il l'avait embrassée.

Elle sentait encore ce souffle tiède sur sa joue, l'effleurement de ses lèvres. Il avait alors exprimé tant de tendresse, une spontanéité quelque peu timide, mais habitée de passion, comme s'il savait que ce serait leur dernier baiser.

– C'était… tellement triste.

Elle frémit de nouveau. Non de gêne, mais parce qu'elle se sentait submergée par l'émotion.

– Je ne sais pas ce que ça voulait dire, mais c'était tellement triste…

Et puis elle perçut l'état de Delos, son agitation. Autour d'eux, le monde de cristal tremblait de rage, de déni… autant que de peur.

– Ce n'était pas moi. Je ne suis pas comme ça.

– Si. Je ne comprends pas d'où ça vient, mais c'était bien toi. Je ne sais pas du tout à quoi ça rime. Seulement, il existe un lien entre nous. Regarde ce qui nous arrive en ce moment. C'est normal ? Chez toi, les gens communiquent ainsi par la pensée ?

– Va-t'en !

Ce cri se répercuta sur tous les reliefs qui les entouraient. Elle percevait une terrible colère en lui, comme une tempête qui cherchait à tout balayer, à commencer par sa terreur sous-jacente ; elle saisit aussi les mots qu'il refusait d'exprimer, qu'il essayait de cacher, de fuir.

– *Âmes sœurs.*

Maggie comprit tout de suite ce que cela voulait dire. Deux personnes soudées l'une à l'autre pour toujours, leurs âmes unies, au point que la mort même ne saurait les séparer. Deux âmes destinées l'une à l'autre.

– *Mensonge !* s'écriait Delos avec vigueur. *Je ne crois pas aux âmes. Je n'aime personne. Je n'éprouve aucun sentiment.*

Et là, le monde se brisa.

Du moins était-ce l'impression qu'eut Maggie lorsque les cristaux éclatèrent en morceaux qui se répandirent dans des accords évoquant des notes de musique. Rien ne tenait plus debout. Le chaos s'installait. Aussi brutalement qu'elle avait perdu le souffle, elle fut expulsée de l'esprit de Delos.

Pour se retrouver sur le sol d'une petite grotte éclairée par une simple flamme projetant des ombres sur les parois. Elle avait regagné son corps et Delos la tenait dans ses bras.

À l'instant même où elle s'en rendit compte, il la lâcha, se redressa. Malgré la semi-obscurité, elle vit combien il avait le visage blême, le regard fixe.

Alors qu'elle se relevait, elle constata autre chose : aussi bizarre que cela paraisse, leurs esprits restaient connectés, même s'il l'avait rejetée de son monde. Elle s'aperçut en personne à travers les yeux de Delos. Elle qui n'avait rien d'une frêle princesse blonde languide, parfaite et artificielle. Elle, cette fille solide au teint rosé, à l'expression franche, à la chevelure couleur d'automne, aux yeux noisette, au regard brillant de loyauté, d'une telle profondeur qu'il éclipsait toute autre forme de beauté...

Maggie retint son souffle. *C'est à ça que je ressemble ? Ce n'est pas possible. Je l'aurais vu dans la glace.*

Pourtant, c'était ainsi qu'il la voyait. À ses yeux, elle était l'unique être vibrant de vie au milieu d'un monde noir et blanc. Et elle sentit leur lien se resserrer. L'attirer vers elle alors même qu'il tentait d'y échapper.

– Non, murmura-t-il d'une voix à peine audible. Je ne suis pas lié à toi. Je ne t'aime pas.

– Delos...

– Je n'aime personne. Je n'éprouve aucun sentiment.

Maggie secoua la tête ; elle n'avait plus besoin de parler. Chaque fois qu'il lui disait combien il ne l'aimait pas, il se rapprochait d'elle, malgré ses dénégations.

– Tu ne représentes rien pour moi, lança-t-il rageur. Rien !

Pourtant, il avait approché son visage à quelques centimètres du sien et elle vit la flamme qui brûlait dans ses yeux dorés.

– Rien, souffla-t-il en l'effleurant de ses lèvres.

10

Néanmoins, à l'instant où il allait l'embrasser, Delos s'écarta d'elle. Maggie sentit la bouche tiède s'éloigner pour ne plus laisser passer qu'un souffle froid.

– Non, dit-il. Non.

Elle voyait en lui la peur le disputer à la colère, il ne pouvait plus résister à sa douleur. Il frémit et soudain tout cela disparut, comme emporté par une main géante. Qui ne laissa qu'une détermination glacée.

– Ça ne sert à rien, dit Maggie. Je ne comprends pas pourquoi tu agis ainsi, mais tu ne peux pas tout nier…

– Écoute. Tu m'as raconté que dans ton rêve je te disais de t'en aller. Eh bien, je te dis la même chose maintenant. Va-t'en et ne reviens jamais. Je ne veux plus revoir ton visage.

– C'est bon, balbutia-t-elle, déçue.

Elle en avait assez. Sa propre patience avait des limites. Il ne lui montrait qu'amertume et douleur, mais aussi un total refus qu'on lui vienne en aide.

– Je ne plaisante pas. Tu ne te rends pas compte de la grâce que je t'accorde en te laissant partir. Tu n'es pas seulement une esclave échappée, tu es une esclave échappée qui connaît l'existence du défilé dans les montagnes. C'est puni de mort.

– Alors, tue-moi !

Elle s'avisa aussitôt que c'était la réponse la plus stupide qu'elle pouvait faire à cet être dangereux, maître de la Flamme bleue, capable de l'éliminer d'un clignement de cils.

– Je te dis de partir, répéta-t-il entre ses dents. Et je vais te dire autre chose. Tu voulais savoir ce qui était arrivé à ton frère…

Maggie s'immobilisa. D'un seul coup, il avait changé d'attitude, comme s'il s'apprêtait à la frapper.

– Alors voilà, continua-t-il. Ton frère est mort. Je l'ai tué.

Elle reçut le coup en plein cœur et en resta pantelante, ses jambes refusant de la porter davantage.

Cependant, elle n'en crut pas un mot. Impossible. Pas comme ça. Elle ouvrit la bouche, respira pour parler – et se figea.

Quelque part, à l'extérieur de la grotte, une voix appelait. Maggie ne comprit pas un mot, mais c'était une fille qui se rapprochait... qui allait entrer.

Delos avait fait volte-face et se précipitait vers la flamme de la vasque qu'il éteignit d'un coup. La grotte se retrouva plongée dans l'obscurité. Maggie ne s'était pas rendu compte du peu de lumière qui filtrait de l'extérieur. À peu près rien.

Non, se dit-elle, *il y en a juste moins que tout à l'heure. Parce que le soir tombe. Oh mon Dieu, Cady ! Je l'ai laissée tomber. Qu'est-ce qui me prend ? Je n'ai même pas réfléchi...*

– Où vas-tu ? marmonna Delos.

Elle s'arrêta en pleine course, se tourna dans sa direction sans rien voir d'autre que sa silhouette au cœur de l'obscurité.

– Chercher Cady, expliqua-t-elle en étreignant la gourde qu'elle venait de ramasser. Je l'ai abandonnée là-bas. Il pourrait lui arriver n'importe quoi.

– Ne sors pas, ordonna-t-il. Ce sont les chasseurs avec lesquels je suis venu. S'ils te trouvent, je ne pourrai pas t'aider...

– Je m'en fiche, tu as juré que tu ne voulais plus me voir. Oh non ! Dire que je l'ai lâchée comme ça...

– Pas très longtemps, s'agaça-t-il. Une heure, tout au plus.

Elle s'avisa que quelque part il devait avoir raison, même si elle avait l'impression qu'un siècle s'était écoulé depuis qu'elle avait escaladé le promontoire. Pourtant, tout le reste s'était déroulé assez vite.

– Il faut quand même que j'y aille, insista-t-elle plus calmement. Elle est malade. Et puis Gavin a très bien pu revenir.

– S'ils t'attrapent, tu regretteras de ne pas être morte, lâcha-t-il brutalement. Reste là. Ne sors pas avant qu'ils ne soient tous partis.

Elle sentit un courant d'air, l'effleurement d'un vêtement. La lumière de l'entrée disparut un instant et elle distingua ensuite une silhouette qui se découpait sur le ciel gris.

Elle se retrouva seule.

Elle tendit l'oreille, mais sa respiration était trop forte, alors elle se faufila vers l'entrée et se tapit au sol. Elle sursauta quand elle entendit des pas, juste à l'extérieur de la grotte. Une ombre passa, une voix retentit :

– Delos ! Qu'est-ce que tu fais là-haut ?

La voix plutôt agréable d'une toute jeune fille, à la fois inquiète et décontractée, qui s'adressait à lui avec une étonnante familiarité.

Mais ce n'était pas cela qui avait fait frémir Maggie, c'était qu'elle avait reconnu ce timbre : Sylvia.

Elle est là ! Et à la façon dont elle lui parle, ce n'est pas la première fois qu'elle se trouve dans les parages. Elle connaît Delos. Peut-être qu'elle est née là et qu'elle n'est sortie au Dehors que depuis peu de temps.

Cela achevait de convaincre Maggie que Miles aussi était passé par là. Mais… alors ? Que lui était-il arrivé ensuite ? Avait-il commis un acte qui devait lui valoir la mort ? Ou était-ce Sylvia qui avait tout manigancé depuis le début ?

Delos avait-il vraiment pu… ?

Je n'y crois pas, se dit-elle, le cœur serré.

À l'extérieur, Sylvia bavardait de sa voix mélodieuse :

– Nous ne savions pas que tu avais quitté le groupe… et puis nous avons vu la Flamme bleue. Nous nous sommes dit que tu pouvais avoir des ennuis.

– Moi ? lança-t-il avec un petit rire.

– Enfin… qu'il pouvait se passer des choses.

– Je vais bien. J'ai juste joué avec la Flamme…

– Delos, reprocha-t-elle d'un ton charmeur. Tu sais qu'il ne faut pas faire ça. Tu pourrais t'abîmer encore le bras… Il n'ira jamais mieux si tu continues à t'en servir.

– Je sais, trancha-t-il. C'est moi que ça regarde.

– Je voulais juste…

– Oublie. Je suis sûr que les autres nous attendent.

Il ne l'aime pas, songea Maggie. *Ses tentatives de séduction ne fonctionnent pas. Je me demande ce qu'elle représente pour lui.*

Sur le coup, elle eut envie de sortir la défier, de la secouer pour lui faire cracher ses réponses.

Cependant, la dernière fois qu'elle avait tenté ce genre de manœuvre, cela lui avait valu de se retrouver en esclavage. Serrant les dents, elle se rapprocha de l'entrée. Elle savait que c'était dangereux, mais il fallait qu'elle voie Sylvia.

Elle en éprouva un nouveau choc. Cette fille, toujours en jean moulant et au top de la mode, arborait une tenue carrément médiévale ; et cela ne paraissait pas la gêner, comme si elle avait l'habitude de porter ce genre de vêtements, cette robe verte qui lui tombait sur les pieds, aux longues manches souples, surmontée d'une tunique plus claire, sans manches, mais à la ceinture brodée de vert et d'argent. Ses cheveux s'éparpillaient en une fine masse brillante et elle tenait un faucon au poing.

Un vrai faucon, à la petite capuche de cuir et à la patte baguée d'un ruban de peau. Maggie ne pouvait s'empêcher de le contempler avec fascination.

Pas la peine de jouer les êtres délicats quand on élève un oiseau d'une telle puissance.

– Nous ne sommes pas si pressés que ça, susurra Sylvia en se rapprochant de Delos. Maintenant que je suis là, nous pourrions continuer un peu, explorer ce joli chemin.

Cady, songea Maggie. *S'ils redescendent le sentier, ils vont la voir. Sylvia va la voir.*

Elle s'apprêtait à jaillir de la grotte quand Delos répondit :

– Je suis fatigué. Partons maintenant.

– Oh, tu es fatigué ! dit Sylvia avec un sourire presque intimidé. Tu vois. Je t'avais bien dit de ne pas trop te servir de tes pouvoirs.

– Oui. Je n'ai pas oublié.

Et Sylvia d'enchaîner aussitôt :

– J'allais oublier de te rapporter quelle chose bizarre s'est passée. Un paysan du nom de Gavin a surgi au milieu de la chasse tout à l'heure.

Gavin. Le cœur de Maggie se serra. *Il s'est enfui, et il a tout vu.*

Il a dû se déplacer très vite pour rejoindre une partie de chasse de l'autre côté de la colline. À temps pour que Sylvia vienne trouver Delos.

– Tu ne le connais certainement pas, assura-t-elle. Moi, si. C'est le marchand d'esclaves dont je me sers pour faire venir des filles du Dehors. En principe, il fait bien son travail, mais aujourd'hui, il était furieux. D'après lui, un groupe d'esclaves se serait échappé dans la montagne, et son associé, Bern, se serait fait tuer.

Espèce de... sorcière, songea Maggie. Ainsi elle savait, c'était certain maintenant. Si Gavin était son larbin et s'il lui avait dit que Bern était mort, il devait bien avoir raconté le reste. Que Bern avait été tué par le prince Delos en personne, grillé par sa Flamme bleue en présence de deux esclaves.

Elle savait tout et cherchait juste à coincer Delos. *Pourquoi n'a-t-elle pas peur de lui ? C'est le prince, après tout. Son père est mort ; c'est lui qui règne. Comment ose-t-elle lui tendre ses pièges ?*

– Nous étions tous inquiets, continua Sylvia la tête penchée de côté. Tous les nobles, et surtout ton arrière-grand-père. Les esclaves en fuite peuvent représenter une menace.

– Merci de te faire du souci pour moi, marmonna Delos d'un ton sec. Mais il ne fallait pas. Je ne faisais que m'entraîner... sur l'autre marchand. Et aussi sur deux esclaves. Ils m'avaient dérangé.

Maggie en resta béate d'admiration.

Il a réussi à la berner, Sylvia ne peut plus rien dire. Ni prouver qu'il ne nous a pas tuées. Gavin s'est enfui, il ne peut donc rien avoir vu d'autre.

Delos nous a sauvées. Cady et moi. Encore une fois…

– Je vois, soupira Sylvia d'un ton soumis sinon convaincu. Tu avais bien sûr le droit d'agir ainsi. Ainsi, les esclaves sont mortes…

– Oui, et comme ce n'étaient que des esclaves, je me demande pourquoi nous perdons encore notre temps à en parler. À moins que tu n'aies quelque chose d'autre à m'apprendre sur elles ?

– Non, non, absolument pas. Tu as raison, nous avons perdu assez de temps. Rentrons.

Dans son esprit, Maggie entendait encore la voix de Gavin : « Ce ne sont pas des esclaves ordinaires. Si nous ne livrons pas cette demoiselle, nous sommes morts. »

Donc, Sylvia ment encore. Quelle surprise ! Mais qui est cette demoiselle ? Et qu'est-ce qui la rend si importante ? Au fait, qui est cet arrière-grand-père de Delos ? Quand Sylvia l'a mentionné, ça ressemblait presque à une menace. Mais si c'est un arrière-grand-père, il doit être âgé. En quoi Sylvia peut-elle être liée à un vieillard ?

Intéressante question, sur laquelle Maggie ne pouvait s'attarder pour le moment car Sylvia et Delos s'éloignaient de la grotte. Alors qu'ils disparaissaient, elle entendit le crissement de leurs pieds sur l'ardoise.

Elle attendit que le bruit de leurs pas diminue, compta jusqu'à trente avant d'oser respirer, puis se faufila au-dehors, à l'air libre.

Il faisait nuit maintenant. Elle ne voyait presque rien. Mais elle pouvait sentir le vide immense de la vallée autour d'elle et la densité des montagnes derrière.

Certes, elle aurait dû éprouver du soulagement à l'idée de pouvoir mieux respirer, de ne pas être captive – cependant, elle se sentait oppressée et il lui fallut un certain temps pour comprendre pourquoi.

Pas un son. Ni pas, ni voix, ni aucun animal. Sans doute faisait-il trop froid pour les moustiques et les grillons, mais elle aurait tout de même dû percevoir quelques bruissements de vie. Des oiseaux qui regagneraient leurs nids, des chauves-souris en chasse. Des biches qui brouteraient, des cerfs en rut. N'était-ce pas l'automne, après tout ?

Mais rien. Maggie avait la désagréable impression de se retrouver seule dans cet étrange monde sans vie, comme dans un cocon, loin de toute réalité.

Arrête de traîner et réfléchis. Va donc chercher Cady, vite !

Serrant les dents, elle fourra la gourde sous sa veste et reprit le chemin en s'efforçant de longer la paroi sur sa gauche, prenant garde à chacun de ses pas.

Arrivée à la plate-forme, elle sentit son cœur se serrer.

Génial. Essaie donc de descendre parmi ces rochers en pleine obscurité ! Bon, je les connais. Au pire je peux simplement tomber à plus de trente mètres dans le ravin...

– Cady, murmura-t-elle.

Elle avait peur de parler trop fort. Les chasseurs pouvaient encore traîner n'importe où et rien ne portait mieux les sons que l'écho de la montagne.

– Cady ? Ça va ?

Elle dut attendre cinq longs battements de cœur avant de percevoir un frémissement en contrebas, comme une étoffe qui frôlerait la roche, suivi d'un soupir.

Soulagée, Maggie put au moins se dire que Cady n'était pas morte, et qu'elle n'avait pas non plus été capturée.

– Reste là, souffla-t-elle un peu plus fort. Je descends. Je t'apporte de l'eau.

Ce ne fut pas aussi difficile qu'elle ne le craignait. Peut-être grâce à l'adrénaline qui lui inondait les veines. Question de survie. Ses pieds parurent trouver les saillies nécessaires à sa descente, et en quelques minutes, elle se retrouva sur les rochers.

– Cady. (À tâtons, elle trouva l'étoffe tiède qui remuait légèrement. Un autre soupir s'en échappa.) Cady, ça va ? Je ne te vois pas.

Alors, l'obscurité parut s'atténuer et Maggie aperçut finalement la silhouette qu'elle effleurait. Elle leva les yeux.

La lune sortait des nuages, presque pleine dans sa lumière blanche.

– Maggie, balbutia la petite voix presque paisible. Merci de m'avoir laissée me reposer, je me sens plus forte maintenant.

Un rayon éclairait la joue et les lèvres de Cady comme un buste antique de princesse égyptienne, ses boucles répandues sur ses épaules, son regard reflétant la lune.

– Désolée que ça m'ait pris si longtemps. Mais je t'apporte de l'eau.

Maggie l'aida à s'asseoir et porta la gourde à sa bouche. *Finalement, elle n'a pas l'air trop malade*, songea-t-elle en la regardant boire. *Peut-être qu'elle pourrait marcher*. Mais pour aller où ? Jamais elles n'atteindraient le défilé. Et quand bien même, que faire ensuite ? Elles se retrouveraient en haute montagne, dans l'obscurité d'une froide nuit de novembre.

– Il faut que tu voies un médecin.

Cady s'arrêta de boire et lui rendit la gourde.

– Je ne crois pas que ça existe par ici. Peut-être une femme, là-bas, dans le château, mais... Non, ce serait inutile.

– Comment ça ? Hé, tu vas mieux, non ?

Après tout, voilà longtemps que Cady n'avait aligné autant de mots. Elle semblait très faible, mais cohérente, étonnamment au courant de ce qui se passait dans les parages.

– Cela n'en vaudrait pas la peine. Je te ferais courir trop de risques. Laisse-moi ici, Maggie. Descends te chercher un abri.

– Tu ne vas pas recommencer ! Si je te laisse là, tu meurs. Il va faire un froid de loup bientôt. Alors pas question. Et s'il y a une femme qui peut te guérir dans ce château, alors on y va. Où qu'il se trouve.

– C'est là que se réunissent toutes les créatures de la nuit, laissa sombrement tomber Cady. C'est aussi là qu'on garde les esclaves. Tous les habitants de la région vivent dans l'enceinte du château ; c'est comme un village. Le lieu que tu dois fuir à tout prix.

– Comment sais-tu tout ça ? Tu es une esclave évadée comme Jeanne ?

– Non. J'en ai entendu parler il y a un an, par quelqu'un qui s'y était rendu. J'avais de bonnes raisons de venir ici… mais la malchance a voulu que je tombe sur des marchands d'esclaves.

Maggie avait envie de l'interroger davantage, mais une petite voix lui disait que ce n'était pas le moment. Qu'il commençait à faire très froid. Qu'elles ne pouvaient pas rester bloquées dans la montagne.

– Cette route que suivait le chariot… elle va vers le château ?

Cady hésita, tourna le visage vers la vallée, comme si elle y voyait quelque chose.

– Je crois, finit-elle par répondre. Ce serait logique, en tout cas… c'est le seul endroit où mènent les routes de la vallée.

– Alors il faut qu'on la retrouve.

Ce ne serait pas facile. Elles avaient longtemps couru pour échapper à Bern et à Gavin. Mais Maggie savait quelle direction suivre.

– Écoute, même si on n'arrive pas au château, il faut qu'on trouve cette route, ça nous permettra de savoir où on est. Et si on doit passer la nuit dans la montagne, mieux vaut que ce soit dans la forêt.

– Tu as raison, mais…

Elle ne la laissa pas achever sa phrase.

– Tu peux te lever ? Je t'aide. Passe le bras autour de mon cou…

Ce ne fut pas aisé de sortir Cady de ce refuge dans les rochers ; elles durent ramper et, bien que la jeune fille ne se plaigne jamais, Maggie sentait combien elle était fatiguée.

– Allez ! l'encouragea-t-elle. Tu t'en tires bien.

S'il le faut, je la porterai, songea-t-elle en serrant les dents. Trop de gens lui avaient dit de la laisser tomber ; jamais elle n'avait fait preuve d'un tel entêtement.

À la longue, elles parvinrent à l'abri des arbres dont les branches camouflaient par intermittence la lumière de la lune. Cady s'appuyait de plus en plus sur Maggie qui commençait à trébucher sur les racines, à déraper sur la mousse.

Curieusement, Cady possédait un meilleur sens de l'orientation qu'elle ; au début, elle ne cessa de murmurer :

– Par là, je crois…

Mais elle finit par se taire et ne même plus répondre aux questions de Maggie. Et puis elle s'arrêta net, chancela.

– Cady…

La jeune fille s'effondra, lui laissant juste le temps d'intervenir pour ne pas la laisser heurter le sol. Alors Maggie se sentit plus seule que jamais dans la petite clairière qui embaumait le cèdre rouge, un corps affalé sur ses genoux. Dans un silence total.

Soudain rompu par un bruit de pas.

Des pas qui arrivaient dans leur direction.

Peut-être un daim. Mais il y avait là quelque chose d'hésitant, un craquement, une pause. Maggie en eut froid dans le dos.

Retenant son souffle, elle chercha à tâtons une pierre, un bâton... ou n'importe quoi qui puisse servir d'arme...

Un mouvement dans le buisson voisin. Elle plissa les yeux.

– Qui est là ?

11

Le buisson remua encore. Les doigts de Maggie ne rencontraient que des racines ou des glands, alors elle serra le poing tout en se dégageant doucement du corps de Cady.

Une silhouette surgit du fourré, impossible à bien distinguer. Un long moment s'écoula, jusqu'à ce qu'une voix lance :

– Je t'avais bien dit que tu n'y arriverais pas !

Maggie crut s'évanouir de soulagement.

Au même instant, la lune émergea des nuages, éclairant l'ombre mince qui se tenait une main sur la hanche, ses cheveux roux presque noirs dans la clarté argentée. Mais ce visage anguleux et ces yeux sceptiques ne pouvaient appartenir qu'à une seule personne. Sans parler de son expression revêche.

– Jeanne ! s'écria Maggie dans un soupir tremblant.

– Tu n'es pas allée bien loin, finalement. La route est là. Qu'est-ce que tu as fichu ? Elle est morte ou quoi ?

Étonnant comme cette voix acerbe réconfortait Maggie. Elle partit d'un petit rire.

– Pas du tout. C'est Bern qui est mort... tu sais, le gros marchand d'esclaves. Mais...

– Tu rigoles, souffla Jeanne avec une intonation de respect. C'est toi qui l'as tué ?

– Non... Bon, je t'expliquerai plus tard. D'abord, est-ce que tu peux m'aider à emmener Cady à l'abri, plus loin ? On crève de froid, ici. Elle est complètement dans les pommes.

Jeanne se pencha sur Arcadia.

– Je t'ai déjà dit que je ne t'aiderais pas...

– Je sais. Mais tu peux au moins l'attraper par ce côté. À nous deux, on doit pouvoir la hisser sur nos épaules et l'aider à marcher.

– Quelle bourrique ! On ferait mieux de la porter en chaise.

Maggie s'aperçut ainsi que Jeanne était d'une résistance surprenante malgré sa minceur. Et toutes deux assirent la jeune fille inconsciente sur leurs mains entrelacées.

– Tu es forte, observa-t-elle.

– Ouais, c'est l'un des avantages d'être esclave. Par ici, la route.

Ce fut long et difficile, mais Maggie comptait sur sa propre robustesse et Jeanne semblait prête à les guider à travers les pires chemins. Et puis, cela faisait du bien de se retrouver en compagnie d'un autre humain en bonne santé, de quelqu'un qui ne cherchait pas à la tuer.

– Et Polly, elle va bien ?

– Oui, elle est à l'abri… rien d'extraordinaire, mais c'est plus sûr. C'est là que je t'emmène.

– Tu vois, tu t'es occupée d'elle, remarqua Maggie en riant.

– Et ça te fait marrer ?

Elles durent marquer une pause avant d'escalader un tronc renversé tout moussu, manœuvre qui leur prit un certain temps.

– Non, répondit enfin Maggie. C'est juste… que tu es gentille, en fait. Sans vouloir l'avouer.

– Je m'occupe de moi d'abord. C'est la loi, par ici. N'oublie pas.

Elle poussa un juron car son pied s'était enfoncé dans une flaque spongieuse.

– D'accord, souffla Maggie en souriant.

La suite du chemin s'effectua en silence et une sorte de torpeur envahit l'esprit de Maggie.

Delos… jamais elle n'avait rencontré quelqu'un d'aussi déroutant. À cette seule pensée, son corps frémissait d'exaspération, mais aussi d'une impatience qu'elle ne comprenait pas.

Cependant, qu'y avait-il encore à comprendre dans tout ce qui lui arrivait ces derniers temps ? Tant de choses depuis deux nuits, de quoi perdre pied.

Delos disait avoir tué Miles...

Mais ça ne tenait pas debout. Delos était incapable d'une chose pareille...

Sûrement pas.

Elle préféra ne pas y songer davantage. Cela lui faisait penser à un énorme nuage noir où elle refusait d'entrer.

Et ce trajet qui n'en finissait pas, qui devenait de plus en plus pénible... Au bout d'un quart d'heure, elle ne sentait plus ses bras et sa nuque se raidissait à la faire hurler. Sa veste était trempée, ses pieds gelés lui faisaient mal.

Mais elle n'abandonnerait pas, et Jeanne non plus. Toutes deux continuèrent ainsi pendant près de trois quarts d'heure, avec quelques pauses silencieuses, jusqu'à ce que Jeanne annonce enfin :

– On arrive.

Une clairière s'ouvrait devant elles et la lune éclairait une petite cabane de bois vermoulu, de guingois à cause des planches qui en étaient tombées. Mais elle offrait tout de même un toit et des murs. Un abri. Maggie la trouva presque belle.

– Ce sont des esclaves en fuite qui l'ont construite, indiqua Jeanne, essoufflée. Les créatures de la nuit ne l'ont jamais trouvée. Tous les esclaves du château la connaissent.

Elle se mit à crier :

– C'est moi ! Ouvre la porte !

Un long moment s'écoula, puis on fit jouer une lourde serrure de bois. Maggie aperçut le petit visage de Polly Penobscot dans l'entrebâillement, sa casquette rouge toujours en arrière sur sa tête, les yeux engourdis de sommeil. Soudain son expression changea.

– Oh ! s'écria-t-elle. Tu vas bien !

Elle se jeta dans ses bras.

– Attention ! dit Maggie en manquant de perdre l'équilibre.

Le corps de Cady oscilla dangereusement.

– Ravie de te revoir, moi aussi, assura-t-elle, les yeux – à sa grande surprise – pleins de larmes. Laisse-moi déposer notre amie, sinon je vais la renverser.

– Par ici, indiqua Jeanne.

Le fond de la cabane était tapissé de paille. Toutes deux y déposèrent Arcadia, après quoi Polly revint étreindre Maggie.

– On s'est enfuies, dit-elle. Grâce à toi.

– Grâce à nous toutes, assura Maggie en la serrant dans ses bras. Et Jeanne t'a bien aidée. Je suis contente qu'on s'en soit toutes sorties.

– Et elle… elle va bien ? demanda Polly avec un regard sur Arcadia.

– Je ne sais pas.

Cady avait le front brûlant, sa respiration s'accompagnait d'une sorte de gémissement.

– Voici une couverture, dit Jeanne en lui tendant un drap épais, terriblement rêche. Si on se met toutes dessous, on se tiendra chaud.

Elles placèrent Cady au milieu, Maggie et Polly sur sa droite, Jeanne à sa gauche. La couverture était assez grande pour les protéger toutes. La paille sentait bon. Cela piquait un peu, aussi Maggie se félicita-t-elle de porter un jean et des manches longues. Le petit corps tiède de Polly, comme celui d'un chaton, lui apporta un réconfort inattendu. Et puis cela faisait tant de bien de ne plus bouger, de ne plus rien porter, de simplement rester là, à reposer ses muscles tendus.

– Il y avait un peu de nourriture cachée ici, dit Jeanne en sortant un paquet de sous la paille. De la viande séchée, des biscuits d'avoine et des fruits secs. Mais il faudra en garder pour demain.

Maggie mordit avec appétit dans la viande ; ça ne valait pas un jambon fumé, ça sentait un peu fort, mais sur le moment, elle se régala. Elle essaya d'en faire manger à Cady, sans succès. La jeune fille détourna la tête.

Avec Jeanne et Polly, elles finirent par quelques gorgées d'eau puis s'allongèrent dans ce lit improvisé.

Maggie se sentait presque heureuse. Son estomac ne la tenaillait plus, ses muscles se détendaient et un doux engourdissement l'envahissait.

– Tu devais… me parler de Bern… dit Jeanne en bâillant.

– Oui… demain.

Et là, dans la paille de cette petite cabane, au cœur d'un royaume étrange, avec trois filles qu'elle ne connaissait que depuis le matin même et considérait désormais comme ses sœurs, elle s'endormit.

Maggie s'éveilla le nez froid et les pieds trop chauds. Une pâle lumière traversait les planches de la cabane. Un instant, elle contempla ces parois mal assemblées, ce sol couvert de paille en se demandant où elle était. Puis se rappela.

– Cady.

Elle s'assit, regarda la jeune fille à côté d'elle. Cady avait mauvaise mine, l'air fiévreux, ses boucles brunes collées sur son front mouillé. Pourtant, en entendant son nom, elle cilla puis ouvrit les yeux.

– Maggie ?

– Comment te sens-tu ? Tu as soif ?

Elle l'aida à prendre la gourde.

– Je vais bien, merci. C'est toi qui m'as amenée ici ?

Elle tournait la tête, comme pour regarder autour d'elle de ses grands yeux qui ne se fixaient pas. Elle ne parlait que par petites phrases, pour conserver ses forces, mais sa voix était plutôt douce que faible.

– Et Jeanne aussi. Merci.

Elle a dû nous entendre parler cette nuit, se dit Maggie. Cependant, Jeanne s'asseyait, de la paille dans ses cheveux roux ; elle plissa les yeux alors que Polly à son tour se levait en poussant de petits soupirs.

– Bonjour, dit Maggie. Tout le monde va bien ?

– Ouais, dit Polly d'une voix cassée. (Son estomac gronda.) J'ai juste un peu faim.

– Il reste quelques biscuits, dit Jeanne, et une tranche de viande. Autant les terminer.

Elles donnèrent la viande à Cady, qui voulut la refuser et dut l'avaler presque de force. Puis elles divisèrent solennellement les biscuits d'avoine en quatre, les mâchèrent longuement.

– Il va falloir trouver de l'eau, dit Maggie une fois qu'elles eurent toutes bu un peu. La gourde est presque vide. Mais je crois que le plus important, c'est de décider de ce qu'on va faire maintenant.

– D'abord, commença Jeanne, tu dois nous raconter ce qui est arrivé à Bern.

– Ne t'inquiète pas, il est bel et bien mort.

Elle résuma ce qui s'était passé depuis leur séparation, comment Gavin et Bern les avaient poursuivies, comment Bern s'était métamorphosé...

– Ça ne m'étonne pas, dit Jeanne. « Bern » signifie « ours ». Les métamorphes portent souvent le nom de ce qu'ils sont. Mais tu dis que tu as essayé de te défendre avec un bâton ? Tu es plus débile que je l'aurais cru.

Néanmoins, ses yeux verts brillaient d'admiration et Polly écoutait avec enthousiasme.

– Et là... il y a eu cet éclair, continua Maggie. Il a tué Bern, et Gavin s'est enfui.

Elle se rendit alors compte qu'elle ne tenait pas à entrer dans les détails. Jeanne ne comprendrait sans doute pas ce lien qui semblait l'unir à Delos, ces souvenirs qu'ils avaient partagés dans la grotte... jusqu'au rêve qui lui avait permis de le reconnaître. Elle termina son récit.

– Et puis j'ai rempli la gourde et j'ai entendu Sylvia arriver, alors Delos est sorti pour l'empêcher de nous trouver, Cady et moi.

Cady l'écoutait avec sérénité. Polly avait peur mais buvait ses paroles – seule Jeanne semblait pétrifiée de terreur et d'incrédulité.

– Tu dis que le prince Delos t'a sauvé la vie ? Avec la Flamme bleue ? Qu'il ne t'a pas remise aux chasseurs ?

Comme si elle parlait de Dracula en personne.

– C'est vrai.

Heureusement que je n'ai pas mentionné le baiser, songea Maggie.

– C'est impossible. Delos déteste tout le monde. C'est le plus dangereux de tous !

– Oui, c'est ce qu'il n'a cessé de me répéter.

Gênée par le regard inquisiteur de Jeanne, Maggie avait l'impression de défendre un démon.

– Il a même dit qu'il avait tué mon frère, ajouta-t-elle lentement. Mais je ne sais pas si je dois le croire...

– Crois-le, lâcha Jeanne d'un air dégoûté. C'est lui qui règne ici et tout passe par lui. Il est capable de tout. Je n'arrive pas à croire qu'il t'ait laissée partir... enfin, sauf s'il a une idée derrière la tête. Par exemple, en te laissant t'en aller pour lancer la chasse après. C'est le genre de chose qu'il apprécie.

Une étrange sensation de vide saisit Maggie. Elle essaya de répondre calmement.

– Je ne crois pas. Je crois… qu'il s'en fichait.

– Tu te racontes des histoires. Tu ne comprends pas ces gens parce que tu n'es pas passée par là. Aucune de vous, d'ailleurs. Les créatures de la nuit sont des monstres, et celles du royaume des Ténèbres, les pires de toutes. Certaines vivent depuis des centaines d'années… et certaines étaient déjà là quand le grand-père de Delos a fondé ce site. Ils étaient coincés dans la vallée depuis toujours. Tout ce qu'ils veulent, c'est chasser. C'est leur unique sport. Ils ne s'intéressent à rien d'autre.

Maggie en frissonna. Quelque part, elle n'avait pas très envie de poursuivre sur ce sujet. Mais il fallait qu'elle sache.

– J'ai remarqué quelque chose de bizarre, reprit-elle. J'étais à l'extérieur, j'écoutais, mais je n'ai pas entendu un seul bruit animal. Rien.

– Ils les ont anéantis. Tous les animaux sauvages ont disparu.

La petite main de Polly serra nerveusement le bras de Maggie.

– Mais alors, ils chassent quoi ?

– Des animaux qu'ils élèvent et lâchent dans la nature. J'ai été esclave pendant trois ans ici, au début, je ne les ai vus élever que des animaux locaux – des couguars, des ours bruns, des carcajous… Mais depuis deux ans, ils se sont lancés dans des races plus exotiques. Des léopards, des tigres...

– Mais pas des humains, soupira Maggie.

– Ne me fais pas rire. Bien sûr qu'ils chassent des humains... seulement quand ils trouvent un prétexte. La loi dit que les vampires ne peuvent pas abattre des esclaves parce qu'ils sont trop précieux... sinon ils seraient vite à court de provisions. Mais si des esclaves s'échappent, ils peuvent au moins les chasser et les ramener au château. Et si l'un d'eux doit être exécuté, ils lancent une chasse à mort.

Le vide dans l'estomac de Maggie déboucha sur un gouffre.

– Je vois. Mais...

– S'il t'a laissée partir, c'était pour revenir te chasser. Je te le dis, il est mauvais. Voilà trois ans que l'ancien roi est mort et que Delos a pris sa suite. Et voilà trois ans qu'ils se sont mis à importer de nouveaux esclaves. Pas juste en enlevant les montagnards qui s'approchaient trop, mais en sortant au Dehors pour enlever des gens dans les rues. C'est même comme ça que je me suis retrouvée là. Et Polly aussi.

L'enfant frissonna et Maggie, qui passa un bras sur son épaule pour la rapprocher d'elle, la sentit trembler.

– Hé ! gamine, tu as été super courageuse jusque-là, alors accroche-toi encore un peu, d'accord ? On va s'en tirer.

Elle perçut le regard sarcastique de Jeanne sur elle, son défi silencieux d'expliquer comment les choses pouvaient s'améliorer.

– C'était la même chose pour toi aussi, Cady ?

Trop contente de détourner la conversation de Delos, elle entendait encore la jeune fille lui dire : « J'avais de bonnes raisons de venir ici… »

– Non. Ils m'ont attrapée sur la montagne.

Elle fut alarmée par le ton de Cady qui s'exprimait lentement, comme si elle avait recours à toutes ses forces pour se concentrer.

Oubliant Delos et le trafic d'esclaves, Maggie posa une main sur le front de la jeune fille.

– Mon Dieu ! Tu es brûlante.

– Oui… c'est le poison, articula Cady. Ils m'en ont injecté quand ils m'ont capturée… et j'ai mal réagi. Mon corps ne le supporte pas.

– Et ça s'aggrave, s'inquiéta Maggie. Je t'assure, on n'a pas le choix. Il faut aller dans ce château, parce que c'est là qu'habitent les guérisseuses, si j'ai bien compris. Si quelqu'un peut t'aider, ce sont elles, non ?

– Attends ! intervint Jeanne. On ne va pas aller là-bas, ce serait se jeter dans la gueule du loup. Mais on ne peut pas quitter non plus la vallée ; j'ai trouvé le défilé une fois, seulement c'était par hasard, je ne le retrouverai jamais…

– Moi si, dit Maggie. Ne me demande pas comment. Je le peux, c'est tout. Mais pour ça, il va falloir escalader une montagne et Cady n'y arrivera jamais ; elle ne s'en tirera pas davantage si on la laisse seule ici pour aller chercher de l'aide.

Elle lut le message dans le regard vert un peu plissé : « Alors on doit la laisser tomber. C'est la seule solution. » Mais Maggie n'en démordait pas.

– Tu n'as qu'à emmener Polly vers le défilé… je t'expliquerai comment vous y rendre. Moi j'emmènerai Cady au château. Ça te va ? Dis-moi juste quelle direction prendre.

– C'est nul. Même si vous arrivez au château, tu ne pourras pas y entrer. Et si vous y entrez, ce sera un pur suicide…

Elle s'interrompit et, sur le coup, Maggie ne comprit pas pourquoi. Pourtant, elle était subitement sur ses gardes. Elle s'aperçut que Cady venait de se tourner vers la porte, dans le mouvement instinctif d'un félin qui entendrait approcher un danger.

Maintenant qu'elle dressait l'oreille, Maggie le percevait aussi, lointain mais distinct. Des gens qui s'interpellaient. Et puis un autre bruit, comme elle ne l'avait connu jusque-là qu'au cinéma, mais qu'elle interpréta immédiatement.

– Ce sont eux, articula Jeanne dans le silence. Je te le disais, ils nous traquent.

– Avec des chiens ?

– C'est fini, on est mortes.

12

– Pas du tout ! s'exclama Maggie.

Envoyant promener la lourde couverture, elle sauta sur ses pieds, attrapa le bras de Cady.

– Viens vite !

– Où ?

– Au château. Mais il faut rester ensemble.

De l'autre main, elle prit le bras de Polly.

– Au château ?

Maggie fusilla Jeanne du regard.

– C'est l'unique solution. Ils s'attendent que nous cherchions à gagner le défilé. Ils nous trouveront si on reste ici. Le seul endroit où ils ne pourront pas imaginer nous trouver, c'est le château.

– Tu es complètement folle…

– Arrête !

– Mais tu as sans doute raison.

Là-dessus, Jeanne attrapa l'autre bras de Cady et se dirigea vers la porte.

– Reste derrière nous, souffla Maggie à Polly.

Sur le seuil, elle découvrit un autre paysage que ce qu'elle avait vu à son arrivée dans la nuit. La brume formait un filet argenté sur les arbres et malgré l'absence de soleil, les nuages s'ourlaient de nacre.

C'était superbe. Toujours étrange, toujours inquiétant, mais superbe. Et dans la vallée en contrebas se dressait un château.

En l'apercevant, Maggie s'immobilisa malgré elle. Il émergeait de la brume telle une île, noir, brillant, massif. Des tours se dressaient aux angles de l'enceinte crénelée.

Ça a l'air tellement réel, songea-t-elle abasourdie.

– Ne restez pas là, qu'est-ce que vous attendez ? cria Jeanne en tirant Cady.

S'arrachant à sa surprise, Maggie se remit en route et elles suivirent un chemin qui ondulait parmi les arbres.

– S'il y a des chiens, il faudrait trouver un ruisseau, non ? s'enquit-elle. Pour neutraliser notre odeur.

– J'en connais un, dit Jeanne sans cesser de descendre entre fougères et saxifrages. J'ai vécu un peu ici la première fois que je me suis échappée. Quand je cherchais le défilé. Mais ce ne sont pas des chiens ordinaires.

Maggie aida Cady à franchir les racines tentaculaires d'un sapin.

– Comment ça ?

– Ce sont des métamorphes, comme Bern et Gavin. Donc, ils ne suivront pas seulement notre odeur, mais aussi notre énergie vitale.

Maggie se rappela Bern humant l'air et demandant à son compagnon : « Tu ne détectes rien ? » Et Gavin répondant : « Non. Pas du tout. »

– Génial ! marmonna-t-elle.

D'un coup d'œil, elle aperçut Polly derrière elles, qui les suivait consciencieusement.

Étrange chasse. Maggie et son groupe tentaient de rester aussi discrètes que possible, attitude facilitée par l'humidité ambiante. Bien qu'elles se déplacent à quatre, elles n'émettaient d'autre bruit que celui de leurs souffles et des ordres brefs de Jeanne, quand celle-ci indiquait la direction à prendre.

Elles dévalaient la pente, glissaient, couraient, plongeaient entre les troncs épais qui se dressaient comme des colonnes dans la brume. Les branches de cèdre s'étalaient, obscurcissant le ciel dans un parfum d'encens vert et frais.

La tranquillité ambiante était cependant troublée par les aboiements des chiens dans le lointain. Toujours derrière elles, ils se rapprochaient.

Elles traversèrent un ruisseau glacé, mais Maggie n'avait pas grand espoir que cela suffise à effacer leurs traces. Cady commençait à sérieusement s'essouffler. Elle semblait hébétée, à peine consciente, ne suivant les autres que comme une somnambule. De plus, Maggie s'inquiétait pour Polly. La faim les affaiblissait toutes les quatre, et la peur les oppressait.

Elles arrivaient en vue du château, quand les chasseurs les repérèrent.

Elles avaient presque terminé leur longue et pénible descente de la montagne. Polly et Cady avaient tenu avec un cran magnifique. Et voilà que soudain les aboiements de la meute les rejoignaient. Jeanne s'arrêta net en jurant, regarda en l'air.

– Quoi ? demanda Maggie essoufflée. Tu les vois ?

– Non, je vois la route. Quelle idiote j'ai été ! Ils n'ont eu qu'à la suivre, ils allaient beaucoup plus vite que nous à travers les broussailles. Je ne me rendais pas compte qu'on suivait la même direction.

À bout de souffle, Polly s'était appuyée contre Maggie, sa casquette de travers.

– Qu'est-ce qu'on fait ? demanda-t-elle. Ils vont nous attraper ?

– Non ! maugréa Maggie en serrant les dents. Il va falloir repartir vite…

À cet instant, Cady murmura d'une voix faible mais distincte :

– L'arbre.

Les yeux mi-clos, elle baissa la tête.

– Regardez ! souffla Maggie. On peut monter là.

Elles se trouvaient au pied d'un énorme sapin, aux branches trop hautes pour qu'elles puissent s'y accrocher. En revanche, un érable effondré contre son tronc formait une véritable passerelle d'accès.

– Tu es débile ! reprit Jeanne. On ne peut pas se cacher là-haut. Ils viendront directement sur nous. Et d'abord, comment elle sait qu'il y a un arbre ici ?

Maggie jeta un coup d'œil sur Arcadia. Bonne question, mais celle-ci ne répondit rien, à nouveau en transe.

– Je ne sais pas, seulement on ne va pas rester à les attendre ici.

Son instinct lui criait de se fier à Cady.

– Il faut essayer, d'accord ? Viens, Polly, tu crois que tu peux escalader ce tronc ?

Cinq minutes plus tard, elles avaient toutes atteint les branches. *On se cache dans un arbre de Noël,* se dit Maggie en regardant vers le sol à travers les aiguilles odorantes. De sa place, elle apercevait le chemin partagé par un terre-plein herbu.

Et la chasse arriva.

Les chiens en tête, aussi grands que son danois Jake, mais plus minces, aux côtes saillantes. Derrière, des cavaliers.

Sylvia devant tous les autres, en tenue d'amazone vert glacier. À pied à côté de son étrier arrivait en courant Gavin, le marchand d'esclaves blond qui avait poursuivi Maggie et Cady avant de prendre la fuite lorsque Delos avait tué Bern de sa Flamme bleue.

Ils sont bons copains, on dirait, en conclut-elle. Mais elle n'eut pas le temps de s'étendre sur cette découverte, car derrière Sylvia apparurent deux autres chasseurs et elle n'aurait su dire lequel la fit le plus tressaillir.

D'abord Delos, sur un magnifique cheval à la robe quasi noire, mais aux reflets cuivrés. À l'aise sur sa selle, il avait plus que jamais l'allure d'un prince. Un seul détail gâchait le reste, l'énorme attelle à son bras gauche.

Le cœur lourd, Maggie le contempla un instant.

Il les poursuivait, exactement comme l'avait dit Jeanne. Il les traquait avec ses chiens. Et il avait sans doute avoué à Sylvia qu'il n'avait finalement pas tué ces deux esclaves.

– Tu vois ? chuchota Jeanne.

Maggie ne se retourna pas pour lui répondre, car elle venait d'apercevoir le deuxième cavalier et s'était figée.

Le père de Delos.

Il ressemblait exactement à l'homme des souvenirs du garçon : de haute taille, aux cheveux rouge sang, au beau visage froid. Même depuis son perchoir, Maggie distinguait ses yeux, d'un doré presque jaune.

L'ancien roi. Pourtant, il était mort !

– Qui est-ce ? ne put-elle s'empêcher de demander à Jeanne. L'homme roux.

– Hunter Redfern.

– Ce n'est pas le roi ?

Jeanne fit non de la tête et, comme Maggie l'interrogeait encore du regard, elle ajouta :

– C'est l'arrière-grand-père de Delos. Il vient d'arriver. Je t'en parlerai plus tard.

Maggie allait insister, quand Polly lui étreignit la main. Les chasseurs venaient de s'arrêter. Les chiens s'étaient mis à tourner sur place, à six mètres à peine en contrebas.

– Qu'y a-t-il ? demanda Hunter Redfern.

C'est alors qu'un des chiens changea d'attitude. Maggie l'avait capté du coin de l'œil et elle tourna assez vite la tête vers lui pour ne pas manquer son mouvement.

Le mince animal se dressa sur ses pattes, comme s'il essayait de regarder par-dessus une palissade. Mais quand il fut debout, il ne défaillit pas, ne recula pas, restant bien ferme et bien droit. Le plus naturellement du monde, semblait-il, ses épaules reculèrent, ses membres s'épaissirent, sa queue disparut tandis que son museau s'aplatissait, que ses oreilles retombaient sur les côtés. En quelque vingt secondes, il s'était transformé en garçon à la peau encore marquée çà et là de taches. Il tourna la tête vers les cavaliers ; il avait toujours les côtes saillantes, la respiration rapide.

– Je ne sais pas ce qui se passe, déclara-t-il. J'ai perdu la trace de leur énergie vitale.

Hunter Redfern regarda autour de lui.

– Ce sont elles qui la bloquent ?

– Hier déjà, Bern a dit qu'elles la bloquaient, intervint Gavin.

– N'est-ce pas impossible ? lança Delos de loin. Si ce ne sont que des humains ?

Il était resté à l'arrière pour retenir sa monture qui s'énervait. Hunter ne bougea pas, ne cilla pas, mais Maggie repéra un coup d'œil entre Sylvia et Gavin. Elle-même tourna légèrement la tête pour faire signe aux autres filles dans l'arbre.

Elle voulait s'assurer que Jeanne comprenait de quoi il s'agissait, mais ce fut Cady qui retint son attention. Cady aux yeux clos, à la tête appuyée contre le tronc sombre du sapin, les lèvres remuant sans émettre un son.

Jeanne aussi l'observait, d'un air sceptique.

– La vermine humaine nous aura réservé bien des surprises, commenta Hunter Redfern. Mais peu importe. Nous finirons par les rattraper.

– Elles doivent se diriger vers le château, dit Sylvia. Nous devrions ajouter des gardes à l'entrée.

Maggie vit alors Delos se raidir. Hunter Redfern parut s'en apercevoir également, bien qu'il ait la tête tournée de l'autre côté.

– Qu'en penses-tu, prince ? lui demanda-t-il d'un ton calme.

Le jeune homme ne réagit pas tout de suite.

– Soit, finit-il par répondre. Faisons ainsi.

Il avait dit cela à un cavalier barbu à côté de lui, qui s'inclina aussitôt.

Puis il eut un mouvement qui donna un haut-le-corps à Maggie.

Il leva la tête vers elle.

Les autres chasseurs comme les chiens examinaient la route, devant et derrière eux, ainsi que les bas-côtés. Seul Delos songeait à regarder en l'air. Leurs yeux se croisèrent.

Malgré la distance, elle perçut la lueur jaune doré ; il la fixait calmement, tranquillement.

Maggie sursauta, manquant de perdre l'équilibre, le cœur battant au point de l'étouffer, incapable de rien faire d'autre que de s'agripper à sa branche.

On est mortes, songea-t-elle, prise de vertige. *Il est plus fort que nous. Forcément, il nous a senties. Maintenant, ils n'ont plus qu'à encercler l'arbre. On peut essayer de se battre, de résister, mais on n'a même pas d'armes. Ils vont nous massacrer en deux minutes...*

– *Va-t'en.*

La voix la secoua de nouveau, claire, impavide... dans la tête de Maggie.

– *Delos ?* pensa-t-elle en soutenant son regard. *Tu peux... ?*

Il ne changea pas d'expression.

– *Je te l'ai déjà dit, mais tu n'as pas voulu m'écouter. Que dois-je faire pour que tu comprennes ?*

Le cœur de Maggie battait à tout rompre.

– *Delos, écoute, je ne veux pas...*

– *Je te préviens*, reprit-il de sa voix intérieure glaciale. *N'entre pas dans le château. Si tu le fais, je ne te protégerai plus.*

Figée, effarée, elle ne put émettre une réponse.

– *Je ne plaisante pas*, insista-t-il. *N'approche pas du château si tu tiens à la vie.*

Puis il se détourna et elle sentit le contact se briser.

– Allons-y ! lança-t-il à sa cohorte en éperonnant son cheval.

Tous le suivirent en direction du château. Maggie tremblait de tous ses membres ; quand le dernier cheval eut disparu, Polly poussa un soupir.

– Je croyais qu'on était fichues, murmura-t-elle.

– Moi aussi, avoua Maggie. Cady avait raison. Ils sont passés sans nous voir. Qu'est-ce que c'était que cette histoire de blocage ?

La tête appuyée contre le tronc, les paupières toujours closes, Cady semblait dormir. Et ses lèvres ne bougeaient plus.

Jeanne la dévisageait également, l'air irrité, mais elle se contenta de hausser un sourcil en maugréant :

– Va savoir !

Toi tu le sais ! songea Maggie. *En tout cas, tu en sais plus que tu ne veux bien le dire.*

– Bon, et le type qui ressemble au père de Delos ? Hunter Redfern.

– C'est une pointure du Night World. Peut-être le plus important de tous. C'est son fils qui a fondé ce royaume au XVe siècle.

– Au quoi ? s'étrangla Maggie.

Une expression sardonique passa sur le visage de Jeanne.

– Au XVe siècle, répéta-t-elle sur un ton faussement patient. Ce sont des vampires, je te rappelle. Ou plutôt des lamies, le genre de vampire qui peut avoir des enfants, soit dit en passant. L'important, c'est qu'ils sont immortels, sauf en cas d'accident.

– Ce type a donc plus de cinq cents ans, conclut Maggie.

– Oui. Et tout le monde a remarqué que l'ancien roi lui ressemblait beaucoup. Ou plutôt le contraire.

Delos en est également persuadé, songea Maggie. Elle avait remarqué comment Hunter le traitait, le guidant d'une main aussi experte que le prince menait son cheval. Delos avait l'habitude d'obéir au doigt et à l'œil à quelqu'un qui ressemblait trait pour trait à Hunter Redfern.

– Mais... demanda-t-elle. Comment se fait-il que ce ne soit pas lui le roi ?

– Oh... (L'air agacé, Jeanne pencha la tête pour se débarrasser des aiguilles prises dans ses cheveux.) C'est qu'il vient du Dehors, tu comprends ? Il n'est là que depuis quelques semaines. Tous les esclaves disent qu'il ne connaissait même pas l'existence de cet endroit.

– Comment ça...

– Écoute, c'est ce que j'ai entendu dire, voilà tout. Hunter Redfern a eu un fils appelé Chervil quand il était très jeune. À notre âge, Chervil s'est disputé avec lui et s'est enfui avec ses amis, ce qui a laissé Hunter Redfern sans héritier. Il ignorait que son fils était venu se réfugier ici, pour fonder ce petit royaume des créatures de la nuit. Mais il a fini par le découvrir. Alors il est venu voir.

– Juste pour rendre une visite, c'est tout ?

– Je suis une esclave. Tu crois que je lui ai posé la question ?

– Je crois que tu sais beaucoup de choses.

D'un regard las, Jeanne désigna Polly. Maggie comprit.

– Elle en a déjà tellement vu ! Elle n'est plus à ça près. Pas vrai, gamine ?

La petite fit tourner sa casquette sur son crâne.

– Vrai ! assura-t-elle.

– Alors dis-nous, reprit Maggie. Que fait Hunter Redfern ici ?

13

– Je crois, dit Jeanne, qu'il est là pour inciter Delos à mettre fin au royaume des Ténèbres. À fermer le château et à le rejoindre au Dehors. Ce qui reviendrait à tuer les esclaves.

– Les tuer ? s'étrangla Maggie.

– Logique. Personne n'en aurait plus besoin.

– Et c'est pour ça que tu voulais t'échapper.

– Tu n'es pas aussi débile que tu en as l'air, tu sais ?

– Merci.

Assise sur sa branche, elle se disait qu'elle n'avait plus du tout envie de s'en aller ; un terrible pressentiment l'habitait.

– Pourquoi, reprit-elle, Hunter Redfern veut-il faire ça maintenant ?

– D'après toi ? Franchement, qu'est-ce que tu en penses ?

Quatre Puissances sauvages… Mentalement, Maggie se répétait les paroles du vieux professeur. *Qui devront intervenir au jour de l'apocalypse pour sauver le monde… ou pour le détruire.*

– Je sais qu'il va se passer quelque chose bientôt, que Delos est une Puissance sauvage, et que les Puissances sauvages doivent faire quelque chose…

– Sauver le monde, conclut Jeanne. Sauf que ce n'est pas ce que désirent les créatures de la nuit. Elles s'imaginent qu'il y aura de grandes catastrophes qui balaieront la plupart des humains… et qu'elles pourront ainsi reprendre le pouvoir. C'est pourquoi Hunter Redfern est ici. Il veut les Puissances sauvages de son côté plutôt que de celui des humains. Il veut qu'elles l'aident à détruire le monde humain au lieu de le sauver. Et on dirait bien qu'il va en convaincre Delos.

Maggie frissonna légèrement. C'était bien ce que lui avait dit le prince et elle ne voulait toujours pas le croire, mais une horrible sensation la hantait maintenant, comme si un poids monstrueux reposait sur ses épaules.

– Alors, ce millénaire verra vraiment la fin du monde.

– Oui, de notre monde en tout cas.

Maggie jeta un coup d'œil vers Polly, sur le bord de sa branche, qui balançait ses jambes dans le vide.

– Ça va, gamine ?

L'enfant hocha la tête ; elle semblait avoir peur, mais pas trop, et la contemplait d'un air confiant.

– Tu tiens toujours à te rendre au château ? reprit Jeanne. Hunter Redfern est un type abominable, et je suis désolée, mais ton ami le prince Delos ne vaut pas mieux.

– Non, pas vraiment, rétorqua Maggie. Pourtant, il le faut. J'ai encore plus de raisons de le faire.

– Lesquelles ?

– *Primo,* soigner Cady. *Secundo,* savoir ce qui est arrivé à mon frère. *Tertio,* libérer ces esclaves avant que Hunter Redfern ne les fasse tuer.

Jeanne faillit en tomber de sa branche.

– Pardon ?

– Je me doutais que tu réagirais comme ça. Ne t'inquiète pas. Tu n'es pas obligée de me suivre.

– Je me suis trompée. Tu es vraiment aussi débile que tu en as l'air. Et complètement dingue !

Oui, je sais. C'est d'ailleurs pour ça que je n'ai pas mentionné la quatrième raison.

En l'occurrence, empêcher Delos de participer à la fin du monde. Elle se sentait investie de cette mission sans savoir pourquoi. Peut-être parce qu'elle était entrée dans son esprit, qu'elle le connaissait. Comment s'en aller, après ça, en faisant comme si de rien n'était ?

Si quelqu'un pouvait lui parler, le convaincre de ne pas faire ça, c'était bien elle. Elle n'en doutait pas un instant. C'était sa destinée.

Et s'il était vraiment aussi mauvais que Jeanne le prétendait – s'il avait vraiment tué Miles... dans ce cas, elle aurait à accomplir une autre tâche. Elle devrait faire tout ce qui était en son pouvoir pour l'arrêter. Quitte à le tuer, aussi inconcevable que ça paraisse.

– Allez, dit-elle aux autres filles. Cady, tu crois que tu vas pouvoir redescendre maintenant ? Et Jeanne, tu sais comment aller au château ?

Les douves empestaient.

Maggie avait été contente d'apprendre que Jeanne connaissait effectivement un chemin pour pénétrer dans le château. Du moins avant de savoir que cela consistait à nager dans les eaux stagnantes qui emplissaient les fossés, puis à escalader ce que Jeanne appelait un « cabinet », mais qui ressemblait plutôt à de vieilles latrines.

Je vais mourir... Jamais elle ne s'était sentie aussi dégoûtante. Cependant, elle pensait surtout à Cady qui, elle aussi, avait voulu nager et leur obéissait en tout comme si elle rêvait debout. Ce qui ne l'empêchait pas de trembler. Était-ce une activité recommandable quand on avait été empoisonnée ?

Enfin parvenue au sommet du cabinet, Maggie aperçut en contrebas une petite pièce qui semblait construite à même les remparts, de pierres sombres et froides. Elle prêta main-forte à Cady.

– Pas un bruit, murmura Jeanne. Il va falloir passer dans un goulet pour rejoindre les cuisines. Ce n'est pas grave si des esclaves nous voient, mais on doit se méfier des autres.

– On doit amener Cady à une guérisseuse…

– Je sais ! C'est vers là que je vous guide.

Jeanne posa la main sur l'épaule de Polly et l'entraîna dans un corridor.

Encore des pierres et des échos. Maggie aurait préféré que ses chaussures encore pleines d'eau ne chuintent pas ainsi. Elle était assez impressionnée par ce château immense, glacial, qui lui donnait l'impression de n'être qu'un insecte perdu dans ses dédales.

Après une marche interminable, elles émergèrent dans un petit vestibule divisé par des panneaux de bois, derrière lesquels on entendait des gens s'activer ; elle en aperçut au passage, qui dressaient des nappes blanches sur de grandes tables, plus longues que toute la maison de Maggie.

Un autre vestibule, un autre couloir. Et enfin les cuisines, où s'affairaient une multitude de domestiques qui mélangeaient le contenu de chaudrons, tournaient des viandes ou des volailles embrochées. L'odeur de toute cette nourriture monta à la tête de Maggie, manquant de la faire tomber à la renverse. Elle avait si faim que ses genoux faillirent se dérober.

Mais, par-dessus tout, elle avait peur de ces dizaines de gens qui la voyaient.

– Des esclaves, laissa tomber Jeanne. Ils ne nous dénonceront pas. Prends un sac pour t'en envelopper et ça ira. Quant à toi, Polly, ôte-moi cette casquette ridicule.

Des esclaves, songea Maggie, *tous vêtus de la même façon, de ces pantalons larges et de ces tuniques informes.* Jeanne portait aussi ces habits qui évoquaient assez les tenues décontractées du Dehors, au point que Maggie n'y avait pas prêté attention. À présent, elle était frappée de constater que nul ne paraisse connaître l'existence du fer à repasser. Pas un pli droit, pas de couleur vive non plus, on ne voyait que du brun-beige et des visages à l'expression morne. Des robots.

Comment supporter de vivre ainsi ? se demanda-t-elle en passant un sac sur ses épaules pour cacher sa veste bleu marine. *Quand on n'a pas le moindre choix, le moindre espoir dans l'avenir ?*

Ce devait être terrible, à vous rendre fou.

Je me demande s'il n'y en a jamais un qui craque ?

Elle ne put en observer davantage autour d'elle, car Jeanne venait d'ouvrir une porte donnant sur l'extérieur, sur une sorte de potager aux arbres fruitiers biscornus et aux herbes inconnues. S'ensuivait une cour, puis une rangée de cabanons blottis contre le haut rempart noir du château.

– C'est surtout ici que ça devient dangereux, annonça Jeanne. On est à l'arrière, mais si un noble se retournait et nous apercevait, les ennuis commenceraient. Gardez la tête basse et marchez comme ça, comme des esclaves.

En traînant des pieds, elle s'avança dans cette espèce de village qui entourait le château, ouvrit la porte d'une cahute, les fit entrer et referma derrière elles.

– On dirait qu'on a réussi, constata-t-elle non sans surprise.

Elles se trouvaient dans une pièce minuscule, aux meubles rudimentaires mais pleine de piles de linge.

– Ça y est ? demanda Maggie. On est en sécurité ?

– On n'est en sécurité nulle part, répliqua Jeanne. Mais on trouvera ici des costumes d'esclaves et on pourra se reposer. Moi, je vais chercher la guérisseuse, ajouta-t-elle comme Maggie ouvrait la bouche.

Durant son absence, celle-ci fit allonger une Cady tremblante de fièvre, puis aida Polly à passer des vêtements secs.

Elle-même ôta sans regret ses baskets et sa veste bleu marine détrempée, puis s'agenouilla pour enlever les chaussures de Cady. Sur sa mince paillasse, la jeune fille aveugle ne réagit pas, ce qui n'était pas pour rassurer Maggie.

Enfin, la porte se rouvrit et Jeanne entra, accompagnée de deux personnes, une belle femme longue et maigre, aux cheveux noirs tirés en arrière à la va-vite, qui portait un tablier sur son pantalon, et une fillette à l'air effrayé.

– Voici Blanchisseuse, annonça Jeanne. Elle est aussi guérisseuse, et nous amène son aide.

Soulagée, Maggie leur présenta Cady :

– Elle vient du Dehors, elle a été empoisonnée par les marchands d'esclaves. Je ne sais pas trop à quand ça remonte, deux ou trois jours au moins. Elle a développé une grosse fièvre, on dirait qu'elle se déplace comme une somnambule…

– Qu'est-ce que c'est que ça ? s'exclama la femme furieuse. Comment as-tu pu amener cette… chose ici ?

– Pardon ? s'écria Maggie. Elle est malade…

– C'est l'une d'entre eux ! reprit la femme en fusillant Jeanne du regard. Et ne me dis pas que tu ne t'en es pas aperçue. Ça saute aux yeux !

– Qu'est-ce qui saute aux yeux ? demanda Maggie en serrant les poings. Jeanne, à quoi on joue, là ?

Le visage furibond de la femme se tourna enfin vers elle :

– Cette fille est une sorcière.

Maggie se figea.

Quelque part, elle n'arrivait pas à y croire. Une sorcière ? Comme Sylvia ? Une créature de la nuit ?

Ce n'était pas du tout Cady. Elle n'avait rien de maléfique, cette jeune fille ordinaire et gentille. Elle ne pouvait rien faire de surnaturel…

D'un autre côté, Maggie ne s'en étonnait même pas, comme si, au fond, elle le savait depuis toujours.

Son esprit lui rapportait des images. Cady dans l'arbre creux, lorsqu'elles se cachaient de Bern et Gavin. Les lèvres de Cady qui bougeaient – et Gavin qui disait : « Je ne les détecte pas du tout. » Et le métamorphe, aujourd'hui, qui avait déclaré : « J'ai perdu la trace de leur énergie vitale. »

Cady les bloquait, les empêchait de nous sentir. Et c'est elle aussi qui nous a dit d'escalader le sapin. Elle est aveugle, mais voit bien des choses.

C'est donc vrai.

La jeune fille ne bougeait pas, respirait à peine, les cheveux dégoulinant sur la tête tels des serpents, le visage souillé, les sourcils hérissés. Mais, quelque part, elle n'avait rien perdu de sa sereine beauté, qui demeurait intacte quoi qu'il arrive à son corps.

Je m'en fiche, se dit Maggie. *C'est peut-être une sorcière, mais elle n'est pas comme Sylvia. Je sais qu'elle n'a rien de maléfique.*

Elle se retourna vers Blanchisseuse pour énoncer d'un ton solennel :

– Écoute, je comprends que tu n'aimes pas les sorcières, mais cette fille nous accompagne depuis deux jours et elle n'a fait que nous aider. Regarde-la ! Ils la traitaient en esclave, ils ne la ménageaient pas du tout. Elle n'est pas de leur monde !

– Dommage pour elle, laissa tomber Blanchisseuse.

Apparemment, cette femme ne voyait les choses qu'en noir et blanc et n'aimait pas qu'on la contredise. Elle glissa une main puissante sous son tablier, pour en sortir un couteau de cuisine.

– Attends, intervint Jeanne.

Sans la regarder, Blanchisseuse grondait :

– Les amies des sorcières ne sont pas les bienvenues ici. Et tu en fais partie.

D'un même mouvement, Jeanne s'écarta d'elle et prit une attitude défensive :

– Tu as raison. Je savais que c'en était une. Moi aussi, au début, je l'ai détestée. Mais, comme Maggie vient de le dire, elle ne nous fera aucun mal.

– Je ne laisserai pas passer ma chance d'en tuer une. Et si tu essaies de m'arrêter, tu le regretteras.

Le cœur battant, Maggie regardait ces deux femmes qui se défiaient tels des chats en colère. Elle se retrouvait presque au milieu, entre Cady, Jeanne et le couteau, trop furieuse pour avoir peur.

– Toi, tu lâches ça ! ordonna-t-elle à Blanchisseuse.

Vaguement, elle perçut un mouvement derrière la femme. La fillette effrayée, qui n'avait rien dit jusque-là, s'avançait vers Maggie, le doigt tendu, les yeux écarquillés :

– La Libératrice !

N'y prêtant pas attention, Maggie essayait de les raisonner :

– Si vous ne vous soutenez pas les uns les autres, il ne vous restera aucune chance. Vous ne pourrez jamais vous libérer...

– C'est elle ! couina la fillette en s'accrochant au bras de Blanchisseuse. Elle vient nous sauver.

– Qu'est-ce que tu ra...

Jeanne s'interrompit, tourna une expression chiffonnée vers Maggie. Haussant soudain les sourcils, elle se redressa en la dévisageant des pieds à la tête.

Depuis qu'elle était entrée dans le royaume des Ténèbres, Maggie ne portait ni sa veste ni ses chaussures, mais exactement sa tenue de l'avant-avant-veille, lorsque sa mère l'avait réveillée en hurlant – son haut de pyjama à fleurs, son vieux jean et ses chaussettes désassorties.

– « Elle apparaîtra couverte de fleurs, chaussée de bleu et de rouge, récitait la fillette avec respect. Et parlera de liberté. » Tu l'as entendue, Blanchisseuse ! C'est elle !

Le couteau trembla légèrement dans la main crispée ; la femme arborait maintenant un air sceptique, mais une étrange lueur d'espoir brillait dans ses yeux quand elle se tourna vers Jeanne :

– Elle ? Cette idiote d'Arroseuse a raison ? Elle vient nous délivrer ?

Jeanne ouvrit la bouche, la referma. Curieusement, ce fut Polly qui prit la parole :

– Elle nous a dit qu'elle devait libérer les esclaves avant que Hunter Redfern ne les fasse tuer, lança-t-elle de sa voix flûtée.

L'enfant se tenait toute droite, ses cheveux blonds encadrant son petit visage excité, toute vibrante de loyauté.

Jeanne se mordit les lèvres.

– C'est vrai. Je l'ai même traitée de débile.

– Et au début, continua la petite, quand Jeanne lui a montré ce qu'ils faisaient aux esclaves qui s'échappaient, Maggie a dit qu'il fallait arrêter ça. Elle a dit qu'elle ne pouvait pas laisser faire des choses pareilles aux gens.

– Elle a dit que c'était à nous de les en empêcher, corrigea Jeanne. Là aussi, elle était débile. On ne peut pas les arrêter.

Blanchisseuse les contempla un long moment, avant de tourner sur Maggie un regard si brûlant que celle-ci crut qu'elle allait l'attaquer. Pourtant, elle remit le couteau dans sa poche.

– Blasphématrice ! lança-t-elle à Jeanne. On ne parle pas ainsi de la Libératrice. Tu veux nous priver de notre seule espérance ?

– Hé, protesta Jeanne, c'est toi qui voulais les jeter…

Cependant, Blanchisseuse avait changé d'attitude à l'égard de Maggie ; toujours aussi sévère, elle semblait toutefois esquisser un début de sourire.

– Si tu es la Libératrice, tu as du pain sur la planche.

– Minute, tout le monde ! s'écria Maggie, prise de vertige.

Elle comprenait à peu près ce qui se passait. Ces gens voyaient en elle une sorte de figure légendaire venue les sauver. À cause d'une prophétie. Ils semblaient aimer les prophéties, par ici...

Mais elle ne pouvait être leur Libératrice, elle, une fille des plus ordinaires... Comme si personne n'avait jamais porté de tee-shirt à fleurs dans le coin !

Peut-être pas, finalement... Pas un esclave en tout cas. Avec leurs tenues lugubres, ils ne pouvaient voir son haut de pyjama multicolore que comme une parure de légende.

Et je parie que personne ne porte de chaussettes rouges et bleues, songea-t-elle en souriant intérieurement. *Surtout en même temps !*

Elle se rappela comment Sylvia les avait regardées. En d'autres circonstances, Maggie aurait dû être affreusement gênée que cette personne impeccable considère ainsi ses imperfections. Pourtant, c'étaient ces chaussettes qui lui avaient permis de découvrir que Sylvia mentait. Tout était parti de là. Maintenant, elles lui sauvaient la vie. Si Blanchisseuse avait attaqué Jeanne ou Cady, Maggie aurait dû s'interposer.

Ça ne fait quand même pas de moi la Libératrice. Il faut que je leur explique...

– Comme c'est la Libératrice, tu vas nous aider, n'est-ce pas ? demanda Jeanne à Blanchisseuse. Tu vas guérir Cady, la nourrir, nous cacher, et aussi aider Maggie à découvrir ce qui est arrivé à son frère ?

Celle-ci préféra ne pas intervenir.

– Je vous aiderai de mon mieux, assura Blanchisseuse. Mais il faudra faire votre part vous aussi. As-tu un plan, Libératrice ?

Maggie se frotta le front. Tout se passait si vite – mais, Libératrice ou pas, elle devait aider ces esclaves à s'affranchir. Et peu importait comment on l'appelait.

Elle regarda chacune des femmes, ainsi que les deux fillettes, particulièrement celle qu'on appelait Arroseuse et qui la contemplait avec la même ferveur que Polly.

Enfin, elle s'arrêta sur Blanchisseuse, qui conservait son expression farouche mais pleine d'espoir.

– Je n'ai encore aucun plan précis, avoua-t-elle ; je dois m'y mettre. Je ne sais pas si je vais vraiment pouvoir vous aider. Mais je vais essayer.

14

Maggie s'éveilla lentement, presque voluptueusement. Elle n'était pas transie, elle n'avait mal nulle part, ne mourait pas d'inanition. Et surtout, elle se sentait en sécurité.

Mais quand elle s'assit, cette sensation disparut.

Elle se trouvait dans la cahute en brique de Blanchisseuse, avec Jeanne et Polly, tandis que Cady avait été emmenée ailleurs pour se faire soigner. C'était Blanchisseuse qui était restée toute la nuit auprès d'elle, si bien que Maggie ignorait dans quel état pouvait maintenant se trouver son amie. La fillette appelée Arroseuse leur apporta un petit déjeuner, mais put juste leur dire que Cady dormait.

Le petit déjeuner ressemblait furieusement au dîner de la veille, une sorte d'épaisse bouillie d'avoine agrémentée de myrtilles, que Maggie accueillit avec plaisir. C'était bon – du moins quand on avait faim.

– Bon appétit ! dit Jeanne en s'étirant.

Comme Polly, elle était assise face à Maggie, à même le sol de terre battue, et toutes trois mangeaient avec leurs doigts. Leurs vêtements de grosse toile les grattaient, mais Maggie avait accepté d'ôter les autres, y compris ses précieuses chaussettes, pour les cacher au fond de la cahute.

– Ils ne cultivent pas énormément de légumes, disait Jeanne, et bien sûr les esclaves n'ont droit à aucune sorte de viande. Seuls les vampires et les métamorphes peuvent goûter à la chair et au sang.

Ce qui fit frissonner Polly.

– Quand tu dis ça, ça me coupe l'envie d'en manger.

– C'est pour que les esclaves ne puissent pas prendre de forces. Tout, ici, est prévu dans ce sens. Et vous avez peut-être remarqué que dans le quartier des esclaves, il n'y avait pas beaucoup de bois.

Maggie s'en était vaguement aperçue : briques, argile, terre battue, même pas de balais en vue.

– Mais comment se chauffent-ils ?

– Avec du charbon de bois, cassé en petits morceaux. Ils le fabriquent directement dans la forêt et c'est très contrôlé. Tout le monde en reçoit une ration précise. Si on trouve un esclave avec du bois en trop, c'est l'exécution.

– Parce que le bois tue les vampires, dit Maggie.

– Oui, et l'argent tue les métamorphes. Les esclaves n'y ont pas davantage droit – c'est de toute façon bien plus difficile à trouver.

Polly souleva la grosse toile qui colmatait une petite fenêtre dépourvue de vitres afin de regarder au-dehors.

– S'ils ne peuvent pas manger de viande, qu'est-ce que c'est que ça ? demanda-t-elle.

Maggie se pencha pour apercevoir à l'extérieur deux veaux accrochés à des pieux et un porc dans un enclos de cordes.

– Ils sont réservés aux créatures de la nuit, dit Jeanne. Les métamorphes et les sorcières prennent des repas normaux... les vampires aussi, quand ils en ont envie. On dirait qu'ils préparent un festin. Quand on amène des animaux ici, c'est pour les abattre.

Polly fit la grimace.

– Les pauvres !

– Bon, il y a pire que de recevoir un coup sur la tête. Tu vois ces cages, juste derrière le cochon ? C'est là qu'ils gardent les animaux exotiques... les tigres et tous ceux qu'ils amènent pour leurs chasses. Ça, c'est une triste façon de mourir.

Maggie en eut froid dans le dos.

– Espérons que nous ne connaîtrons jamais...

Elle s'interrompit, attirée par un mouvement dans la rue.

– Couchez-vous ! ordonna-t-elle.

Quand toutes trois eurent obéi, elle releva légèrement la tête pour jeter un coup d'œil à l'extérieur.

– Qu'est-ce qui se passe ? souffla Jeanne.

– Sylvia.

Deux silhouettes étaient apparues, qui marchaient en discutant, Sylvia et Gavin. La jeune femme portait une robe vert mousse, les cheveux épars sur ses épaules. Elle semblait plus gracile et plus belle que jamais.

– Ils arrivent par ici ? demanda Jeanne.

Maggie lui fit signe de baisser la voix. Elle aussi craignait que les créatures de la nuit ne se mettent à inspecter le village. Dans ce cas, elles seraient perdues.

Cependant, Sylvia se tournait vers les animaux en cage qu'elle désignait à Gavin.

– Et maintenant ? insista Jeanne.

– Je ne sais pas, rien de bon.

– Ils doivent préparer une chasse. Mauvais signe… J'ai entendu dire qu'ils devaient en organiser une importante pour fêter l'accord de Delos avec Hunter Redfern.

Maggie retint son souffle. En étaient-ils déjà là ? Dans ce cas, il ne restait pas beaucoup de temps.

Au-dehors, elle vit Sylvia secouer la tête, puis revenir vers les animaux domestiques.

– Recule, commanda Maggie en se tapissant de nouveau.

Mais Sylvia ne regardait pas dans leur direction. Elle se contenta de faire une remarque en souriant, à propos des veaux. Après quoi, elle repartit vers le potager en compagnie de Gavin.

Maggie les suivit des yeux jusqu'à ce qu'ils aient disparu.

– Il faudrait aller voir Blanchisseuse, dit-elle à Jeanne.

La hutte où celle-ci l'emmena était plus grande que la première, comptant ce que Maggie considérait maintenant comme un luxe : deux pièces. Cady se trouvait au fond, dans la plus petite – à peine de la taille d'une alcôve.

Elle dormait paisiblement. Maggie s'en aperçut aussitôt. Ses traits semblaient détendus, ses cernes avaient disparu. Blanchisseuse lui essuyait les joues avec une tendresse surprenante.

– Elle va guérir ?

– Elle vivra aussi longtemps que nous.

Décidément, Maggie commençait à aimer cette femme... Si Jeanne et Blanchisseuse étaient les représentantes fidèles des autres esclaves, alors ceux-ci possédaient un courage et un humour noir qu'elle ne pouvait s'empêcher d'admirer.

– J'avais une fille d'à peu près son âge, dit Blanchisseuse en désignant Polly du menton.

Celle-ci serrait sa casquette sous sa tunique de toile. Elle sourit. Après une courte hésitation, Maggie demanda :

– Que lui est-il arrivé ?

– Un noble l'a trouvée à son goût.

Blanchisseuse repassa l'étoffe humide sur le visage de Cady avant d'ajouter :

– C'était un métamorphe, un loup du nom d'Autolykos. Il l'a mordue et lui a transmis sa malédiction. Jusqu'au jour où il s'en est lassé et l'a transformée en gibier pour une de ses chasses.

Maggie se sentit défaillir ; incapable de trouver une parole sensée, elle préféra se taire.

– Quelle horreur ! souffla Polly en posant sa petite main sur le bras de Blanchisseuse.

Celle-ci lui caressa la tête, comme si elle effleurait celle d'un ange.

– Je peux parler à Cady ? finit par demander Maggie.

– Non, rétorqua la femme avec rudesse. Tu ne pourras pas la réveiller. Je lui ai administré une puissante médication pour contrer ce qu'ils lui ont donné. Tu sais comment fonctionnent ces potions…

– Non. Quelle potion ?

– Un mélange de calame et de tormentille... ainsi que d'autres choses pour le transformer en un véritable poison.

– Pourquoi ? Ils voulaient la faire parler ?

Blanchisseuse ne répondit que d'un hochement de tête.

– Mais pourquoi ?

– Imagine, une sorcière du Dehors. Ils ont dû croire qu'elle savait des choses.

Décidément, il faudrait que Maggie interroge Cady à son réveil...

– J'avais deux autres raisons de venir te voir, ajouta-t-elle en sortant la photo de Miles de sous sa tunique. Est-ce que tu connais ce garçon ?

Blanchisseuse prit le portrait pour le regarder de plus près.

– Belle miniature, observa-t-elle.

– On appelle ça une photographie. Ce n'est pas vraiment peint.

– Il est de ta famille ?

– C'est mon frère, du Dehors, tu sais ? Il avait pour amie Sylvia Weald et il a disparu la semaine dernière.

– Sylvia la sorcière, lança une voix chevrotante.

Maggie leva vivement la tête. Une vieille femme se tenait dans l'encadrement, une frêle créature ratatinée, avec des cheveux blancs et un petit visage tout chiffonné.

– Voici Vieille Repriseuse, annonça Jeanne. Elle raccommode les vêtements déchirés. Et c'est notre autre guérisseuse.

– Voici donc la Libératrice, reprit l'intéressée en s'approchant. Elle m'a tout l'air d'une fille normale, du moins tant qu'on n'a pas vu ses yeux.

– Euh... merci... balbutia Maggie.

En son for intérieur, elle trouvait que cette vieille ressemblait plus que quiconque à une sorcière. Son regard d'acier dénotait une grande intelligence, mais son sourire malicieux était empreint de douceur.

– Sylvia la sorcière est arrivée au château il y a une semaine, continua-t-elle. Elle est arrivée seule, mais elle parlait d'un garçon. Mon petit-neveu, Corroyeur, l'a entendue. Elle racontait au prince Delos comment elle avait choisi un humain pour un jeu et qu'elle avait voulu l'amener au château pour les fêtes de Samhain. Mais ce garçon a fait quelque chose... j'ai cru comprendre qu'il l'avait attaquée, ou je ne sais quoi. Alors, elle a dû le punir et ça l'a mise en retard.

Maggie n'entendait plus que les battements de son cœur.

– Samhain ? souffla-t-elle.

– Halloween, dit Jeanne. Ici, les sorcières organisent une grande fête à minuit.

Halloween. Évidemment. Maggie cherchait comment interpréter cette nouvelle information. Elle avait maintenant la preuve que Sylvia était bien partie grimper avec Miles pour Halloween, ainsi qu'elle l'avait dit aux shérifs et au garde forestier ; et peut-être qu'ils avaient été conduits ici, si ce qu'avait raconté Jeanne au sujet d'un mystérieux défilé que seules les créatures de la nuit pouvaient voir était vrai. En tout cas, tous deux se rendaient dans le royaume des Ténèbres. Et quelque chose les avait retardés. Miles avait fait quelque chose qui avait mis Sylvia dans une telle colère qu'elle avait changé d'avis et refusé de l'amener au château.

Et elle avait voulu le punir… d'une façon que Maggie ne parvenait pas à imaginer. *En fin de compte, elle l'a peut-être bien tué,* pensa-t-elle l'estomac noué, *rien de plus facile que de le pousser dans un ravin.* Quoi qu'il en soit, si personne ne le reconnaissait, on devait en déduire qu'il n'était jamais parvenu jusqu'ici…

– Ainsi, conclut-elle le cœur lourd, il n'y a aucun garçon emprisonné dans le donjon ?

Malgré sa tristesse, elle décida de ne pas s'avouer vaincue. En elle, une force continuait de brûler. Plus que jamais, elle désirait mettre la main sur Sylvia pour lui faire avouer la vérité.

Coûte que coûte, je découvrirai comment il est mort. Parce que c'est important.

L'étonnant étant qu'elle ne pouvait plus nier cette possibilité. Elle avait appris tant de choses depuis son arrivée dans cette vallée ! Tant de gens s'y étaient laissé prendre au piège, blesser, tuer sans autre forme de procès... ceux qui avaient survécu leur devaient au moins de reconstituer ce qui avait pu se passer.

Sans jamais les oublier.

– Tu as dit avoir deux autres raisons de venir me voir, la pressa Blanchisseuse, les mains sur les hanches. As-tu mis un plan au point, Libératrice ?

– Dans un sens, oui. Enfin, pas exactement un plan...

À vrai dire, elle en était restée aux idées les plus élémentaires.

Aller trouver Delos.

Autant aller droit au but. Elle allait le confronter et lui dire sa façon de penser, utiliser l'étrange connexion qui les liait, obliger cette tête de bois à comprendre certaines choses.

Quitte à mettre sa vie en jeu pour prouver qu'elle ne plaisantait pas. Car Jeanne disait que les esclaves seraient tués dès que Delos et Hunter Redfern seraient parvenus à un accord. Maggie étant elle-même une esclave, elle ferait forcément partie du lot.

Je parie que ça l'obligera à t'écouter, lui susurra une petite voix, quoiqu'elle ne pût l'affirmer : n'avait-il pas plusieurs fois menacé de la tuer lui-même ? *Après tout, si je ne peux pas le convaincre, je devrai employer les grands moyens.*

– Il faut que j'entre dans le château, dit-elle à Blanchisseuse. Pas juste dans les cuisines, mais dans les autres salles… là où je pourrai trouver le prince Delos seul.

– Seul ? Tu ne le trouveras jamais seul que dans sa chambre.

– Dans ce cas, allons-y.

Blanchisseuse fronça les sourcils.

– Tu as l'intention de l'assassiner ? Parce que je connais quelqu'un qui a un morceau de bois…

– C'est… Non, j'espère ne pas en arriver là. Mais je prendrais bien le bois, on ne sait jamais.

Prie pour obtenir un miracle, railla la petite voix. *Sinon, comment comptes-tu le dominer ?*

Jeanne semblait penser le même genre de chose.

– Écoute, débile, tu es sûre de toi ? Parce que lui, c'est…

– Une créature de la nuit.

– Et toi…

– Rien qu'une humaine ordinaire.

– C'est la Libératrice, rectifia Polly.

Maggie prit le temps de lui sourire avant de répondre à Jeanne :

– Je ne sais pas si je détiens la solution, seulement je n'en vois pas d'autre. Alors, oui, c'est dangereux, mais je dois y aller. Vous toutes, sachez qu'il ne s'agit pas que de vous. Si ce que Jeanne nous a dit au sujet de Hunter Redfern est vrai, c'est tout le monde humain qui est en danger.

– Oh, les prophéties… ricana Vieille Repriseuse.

– Tu les connais aussi ?

– Nous les esclaves, nous entendons tout. Surtout en ce qui concerne notre prince. Je me souviens, quand j'étais enfant… j'étais couturière de la reine, avant son décès. Sa mère répétait les prophéties :

« Dans la Flamme bleue, l'ombre ultime est chassée.
Dans le sang, le prix ultime est payé. »

Le sang, pensa Maggie. Elle savait que le sang devait couler avant que Delos ne puisse faire appel à la Flamme bleue, mais on aurait dit qu'il s'agissait là d'une affaire plus sombre. Le sang de qui, d'abord ?

– Et l'ombre ultime, c'est la fin du monde, je suppose ? Vous voyez comme il est important que je puisse intervenir auprès de Delos. Pas seulement pour les esclaves, pour toute l'humanité.

Jeanne, qui savait de quel monde elle parlait, hocha la tête en approuvant :

– C'est vrai, il faut essayer. Il faut trouver quels esclaves peuvent entrer dans sa chambre, ainsi, nous pourrons monter nous y cacher. Les grandes pièces autour, ce sont des garde-robes et des cabinets, je suppose ?

Vieille Repriseuse hocha la tête.

– On pourrait se cacher là-dedans…

– Bonne idée, coupa Maggie. Sauf pour le « nous ». Tu ne peux pas y aller avec moi. Il faut que j'agisse seule.

– C'est idiot ! s'emporta Jeanne en se levant d'un bond. Je peux t'aider. Il n'y a aucune raison…

– Si. C'est trop dangereux. On risque notre vie en entrant dans ce château. Si tu restes ici, ça te laissera peut-être quelques jours supplémentaires à vivre.

Comme Jeanne allait protester, Maggie précisa :

– Quelques jours supplémentaires pour mettre au point un nouveau plan, si tu préfères. Ce qui pourrait également se révéler dangereux. Et puis, je voudrais que quelqu'un veille sur Polly et Cady aussi longtemps que possible.

La petite lui adressa un sourire qui se voulait résolu, malgré ses lèvres tremblantes.

– Il faut vraiment que j'agisse seule, reprit Maggie.

Quelque part, elle s'étonnait elle-même. Qui aurait cru, le jour où elle avait rencontré Jeanne dans le chariot, qu'elle finirait par l'empêcher de risquer de se faire tuer avec elle ?

Jeanne poussa un soupir exagéré avant d'acquiescer.

– Bon, comme tu voudras. Va-t'en conquérir ton vampire, je resterai pour organiser la révolution.

– C'est ça.

Se défiant du regard, toutes deux retrouvèrent le lien de complicité qui les avait unies quelques courts instants.

– Tâche de faire attention à toi, dit Jeanne d'une voix légèrement éraillée. Tu es la fille la plus futée que je connaisse.

– Je sais.

Soudain, Jeanne parut se ragaillardir :

– Je viens de trouver qui est autorisé à entrer le matin dans la chambre du prince ! Je vais te la présenter et elle t'introduira chez Delos.

– On dirait que ça te fait plaisir, tout d'un coup ! Qui est-ce ?

– Oh, tu vas l'adorer ! Elle s'appelle Videuse de pots de chambre.

15

Armée d'une pile de draps remise par Blanchisseuse, Maggie se glissa derrière Videuse de pots de chambre, qui prenait la direction du château, en faisant de son mieux pour avoir l'air d'une esclave. Blanchisseuse lui avait artistement barbouillé le visage afin de mieux la travestir ; elle avait par ailleurs versé de la poussière sur ses cheveux pour leur donner une couleur plutôt brune ; lorsque Maggy baissait la tête, des mèches dissimulaient aussi ses traits. Mais elle craignait à tout moment d'éternuer.

– Voilà les animaux sauvages, souffla Videuse de pots de chambre par-dessus son épaule.

C'était une grande fille à la silhouette vigoureuse, au regard doux rappelant un peu celui des veaux attachés devant la cahute de Blanchisseuse. Il avait fallu un bon moment à cette dernière pour lui faire comprendre ce qu'on attendait d'elle, mais maintenant, elle semblait décidée à tout bien expliquer à Maggie.

– On les a amenés du Dehors, expliqua-t-elle. Ils sont dangereux.

Maggie jeta un coup d'œil sur les cages devant lesquelles avaient bavardé Sylvia et Gavin. Dans l'une, un loup brun-gris la contemplait avec un regard infiniment triste. Dans une autre, c'était une panthère noire qui allait et venait et gronda sur leur passage. Un animal était tapi dans le fond de la troisième, peut-être un tigre – énorme, au pelage rayé.

– Ouf ! s'exclama-t-elle. Je n'aimerais pas chasser ça.

Videuse de pots de chambre paraissait satisfaite :

– Et voici le château. On l'appelle Aube noire.

– Ah oui ? répliqua distraitement Maggie.

– En tout cas, c'est ce que disait mon grand-père. Il a vécu et il est mort dans cette cour sans jamais pénétrer dans son enceinte. Les anciens disent qu'autrefois on pouvait voir le soleil dans le ciel... pas juste derrière les nuages, tu sais. Et quand il se levait, le matin, il illuminait le château. Mais ce n'est peut-être qu'une légende...

Oui, ce n'est peut-être qu'une légende, songea tristement Maggie. Chaque fois qu'elle se disait que cet endroit ne pouvait plus l'étonner, elle découvrait à quel point elle se trompait.

Cependant, le château lui-même était impressionnant... il inspirait le respect. C'était la seule bâtisse dans les parages qui ne soit pas brunâtre ou grisâtre, avec ses murailles d'un noir si brillant qu'on aurait parfois dit des miroirs ; inutile de préciser à Maggie qu'elles n'étaient pas faites de pierres connues des humains. Leur provenance était un mystère.

C'est là que Delos habite, songea-t-elle alors que Videuse la conduisait dans un escalier de service qui partait du rez-de-chaussée où ne s'alignaient que caves et entrepôts. *Dans ce magnifique lieu aussi effrayant qu'impressionnant. Non seulement il y demeure, mais il le commande. Tout lui appartient.*

Elle ne capta qu'une vue du grand salon où elle avait aperçu des esclaves dresser des tables, la veille. Videuse de pots de chambre la précéda vers un autre étage, puis à travers une enfilade de corridors qui semblaient courir sur des kilomètres.

Il faisait plutôt sombre dans ce labyrinthe aux hautes fenêtres étroites laissant à peine passer la pâle lueur du jour. Les murs étaient parsemés de flambeaux sur leurs torchères de métal, qui semblaient ajouter des ombres mouvantes à cet éternel crépuscule.

– Sa chambre est là-bas, finit par annoncer Videuse.

Maggie la suivait de près. Elle s'avisait que toutes deux étaient arrivées jusque-là sans encombre, quand une voix retentit d'un couloir latéral :

– Où allez-vous ? Qui est-ce ?

Un garde. Maggie l'aperçut à travers ses cheveux poussiéreux. Un authentique garde médiéval armé d'une lance. Un autre apparut, dans la direction opposée. Malgré sa terreur, elle ne put s'empêcher d'éprouver de la fascination.

Cependant, la moyennement futée Videuse de pots de chambre eut une réaction magnifique. Elle prit le temps de faire une révérence, d'expliquer lentement :

– C'est Plieuse, de la lingerie. Blanchisseuse l'envoie avec les draps et on m'a dit qu'elle pouvait m'aider. Vous savez, avec les invités, il y a davantage de travail.

– C'est le travail de Femme de chambre, lança le premier garde d'un ton irrité.

Après une autre révérence, Videuse de pots de chambre reprit tout aussi posément :

– Oui, mais il y a plus de travail avec ces invités, voyez-vous…

– C'est bon. Alors, allez-y au lieu de bavasser !

Finalement, il semblait trouver l'incident amusant et envoya un coup de coude à son collègue.

Videuse de pots de chambre fit une troisième révérence et repartit sans se presser. Maggie essaya de l'imiter, le visage enfoui dans les draps.

Elles longèrent un autre couloir interminable pour se retrouver enfin devant une double porte.

– Nous y sommes, dit Videuse. Et il n'y a personne dans les parages.

Maggie releva la tête.

– Tu sais que tu as été absolument formidable ? Tu mériterais un oscar.

– Un quoi ?

– Oublie. Mais tu as été géniale.

– Je n'ai fait que dire la vérité, assura la fille avec un sourire moins placide qu'il n'y paraissait. Il y a plus de travail quand des invités arrivent. La dernière fois remonte à trois ans.

– Je sais. Bon, tu devrais peut-être repartir maintenant. Et… euh… Videuse (elle n'arrivait décidément pas à énoncer son nom complet) j'espère que tu n'auras pas d'ennuis pour ça…

Videuse de pots de chambre hocha la tête avant de filer sous le lit chercher un pot de céramique et de sortir en le portant avec précaution.

Maggie regarda autour d'elle cette chambre immense et dépouillée, un peu mieux éclairée que les corridors grâce à ses nombreuses lampes à huile sur pied. Le lit trônait au centre, énorme, dans son baldaquin entouré de colonnes sculptées et de rideaux de lin. Dessus s'entassaient édredons et couvertures de fourrure.

Je suppose que je dois les ôter pour changer les draps, songea-t-elle. Ce dont elle s'abstint.

Le reste de l'ameublement se composait de deux grands coffres en bois exotique, de quelques chaises et tabourets. Rien qui offre un endroit où se cacher. En revanche, sur un côté, Maggie découvrit une porte dissimulée par un rideau.

Elle l'ouvrit et constata qu'elle donnait sur une antichambre – sans doute la garde-robe dont avait parlé Jeanne, beaucoup plus importante qu'elle ne l'aurait cru, qui ressemblait plus à un vestiaire qu'à un placard.

Bon. Je n'ai plus qu'à m'asseoir.

Deux tabourets encadraient une sorte de mannequin. Maggie jeta ses draps sur un coffre et approcha un tabouret de la porte. Derrière son rideau de lin, elle apercevait à peu près toute la chambre.

Parfait, se dit-elle. *Je n'ai plus qu'à attendre son arrivée. Et alors…*

Elle se raidit en percevant des voix provenant du couloir. Dont une voix mélodieuse, féminine.

Oh non, pas elle ! Il ne va pas l'amener ici ! Je vais me jeter sur elle, la battre... je ne pourrai pas m'en empêcher.

Cependant, lorsque les deux personnes entrèrent dans la chambre, elle n'eut aucune envie de se manifester.

Il s'agissait bien de Sylvia ; cependant ce n'était pas Delos qui l'accompagnait, mais Hunter Redfern !

Maggie ne put réprimer un frisson. Que fabriquaient-ils dans la chambre de Delos ? Quoi qu'il en soit, si elle se faisait surprendre, c'était la mort assurée. Totalement immobile, elle ne put s'écarter du rideau.

– Il est sorti à cheval, annonça Sylvia, et ne reviendra pas avant une demi-heure.

Vêtue d'une robe vert foncé, elle portait un panier au bras.

– Et j'ai renvoyé toutes les servantes.

– Quand bien même, objecta Hunter Redfern en poussant la lourde porte de bois.

Il ne la referma pas complètement, mais suffisamment pour masquer la chambre aux gens qui passeraient dans le couloir.

– Tu crois vraiment qu'il fait espionner nos appartements ? demanda Sylvia dans un tourbillon de jupes.

– Il est brillant... beaucoup plus doué que tu ne pourrais le croire. Et d'après mes souvenirs, ces vieux châteaux comportent tous des trous de guet et des tuyaux d'écoute. Seul un monarque imbécile n'en userait pas.

D'après ses souvenirs, se dit Maggie. *Il se souvient sans doute de l'époque où ce château a été construit, oui. Il est vraiment très vieux.*

Elle contempla le beau visage sous les cheveux rouge sang, les pommettes aristocratiques, la bouche mobile – et ces yeux vifs qui semblaient tout voir. Le genre d'homme qui devait fasciner n'importe qui. Tout comme Delos, il dégageait une sorte de tension contrôlée, une force, une intelligence supérieures, qui ne pouvaient que susciter l'admiration. C'était un leader, un chef.

Et un chasseur, se dit Maggie. *Tous ces gens sont des chasseurs, mais lui en est la quintessence.*

– Qu'est-ce qu'il n'est pas censé savoir ? interrogea Sylvia.

– Que j'ai reçu un message du Dehors. Ne me demande pas comment, j'ai mes sources.

– Tes petites souris, répondit Sylvia, faussement naïve. Je les ai vues.

Après un silence, Hunter maugréa :

– Méfie-toi, jeune fille, ou cette jolie bouche finira par t'attirer des ennuis.

Sylvia tournait le dos à Hunter et Maggie la vit déglutir.

– Désolée. Je ne savais pas que c'était un secret. Mais que s'est-il passé ?

– L'événement majeur qu'aura connu ta courte vie, s'esclaffa-t-il. Et peut-être aussi la mienne. Les sorcières ont fait sécession du Night World.

Maggie cligna des yeux. La nouvelle était déjà impressionnante en soi, mais le devint davantage devant la réaction glacée de Sylvia.

– Pardon ?

– C'est la vérité. Elles nous en menaçaient depuis un mois, mais personne ne croyait qu'elles le feraient.

Sylvia posa une paume sur sa poitrine comme pour mieux respirer, avant de s'asseoir sur le lit.

– Elles ont quitté le Conseil, souffla-t-elle sans regarder Hunter Redfern.

– Le Conseil et tout le reste.

– Tout ?

– D'après toi ? Oh, bien sûr, quelques-unes des praticiennes de la magie la plus noire du cercle de Minuit ont protesté, mais la plupart ont suivi celles du cercle du Crépuscule. Elles veulent sauver les humains des ténèbres.

Il dit cela exactement comme un bûcheron s'exclamerait : « Sauver les chouettes ? N'importe quoi ! »

– Ainsi, le processus est vraiment commencé, murmura Sylvia, les yeux toujours fixés vers le sol. Il n'y a pas de retour en arrière possible maintenant. Le Night World est divisé à jamais ?

– Et l'apocalypse est proche, conclut gaiement Hunter.

Il semble jeune... bien de sa personne, se dit Maggie. On voterait volontiers pour lui.

– Ce qui m'amène à la question suivante, reprit-il doucement : quand comptes-tu la trouver ?

Qui, « la » ? se demanda Maggie le cœur serré... Apparemment, Sylvia n'en menait pas large non plus.

– Je t'ai dit que je la trouverais, c'est tout.

– Mais quand ? Tu comprends combien c'est important ?

– Bien sûr que je comprends, soupira-t-elle. C'est pourquoi j'ai tenté de te l'envoyer dès le début...

Hunter continuait, comme s'il ne l'écoutait pas.

– Si le bruit se répand qu'Aradia, la Demoiselle de toutes les sorcières, se trouve ici dans la vallée...

– Je sais !

– Que tu la tenais et que tu l'as laissée te filer entre les doigts…

– Je voulais te l'amener. Je savais que c'était important.

Visiblement, elle est bouleversée, exactement ce que voulait Hunter, se dit Maggie. *Il sait manipuler les gens.*

Mais cette analyse se déroulait au second plan de son esprit, car une autre nouvelle venait de la frapper.

Aradia.

La Demoiselle de toutes les sorcières.

Finalement, ce n'était pas Arcadia… elle l'a peut-être dit une fois que je l'ai appelée Cady, mais elle est restée si peu de temps consciente… Et quand elle l'était, nous avions à discuter de choses plus importantes.

Aradia. Aradia. C'est très joli.

Ce nom résonnait étrangement dans son esprit, sans doute parce qu'il remontait à un cours de mythologie depuis longtemps oublié. Aradia était une déesse… des clairières sylvestres ou quelque chose comme ça. Des bois. Comme Diane.

Cependant, elle ignorait qui était cette Demoiselle de toutes les sorcières, mais cela semblait important.

En tout cas, elle n'avait rien de maléfique. D'après ce que disait Hunter, les sorcières n'étaient pas comme les autres créatures de la nuit.

C'était la demoiselle dont parlaient Bern et Gavin ; celle qu'ils devaient livrer. Ainsi, Sylvia l'amenait à Hunter Redfern. *Pourtant, c'est Cady qui m'a... enfin, Aradia... qui m'a dit qu'elle venait dans cette vallée pour une raison précise.*

Avant de vraiment formuler la question, elle eut la réponse.

Delos.

Dans une coïncidence qui lui dressa les cheveux sur la tête, elle entendit Sylvia déclarer :

– Elle n'ira pas voir Delos.

– Il vaudrait mieux pas. Tu ne te rends sans doute pas compte à quel point elle peut se montrer persuasive. Une ambassadrice des sorcières, venue plaider leur cause... elle pourrait le convaincre. Il a un côté effroyablement fleur bleue... on appelle ça une conscience. Et nous savons tous deux qu'il a été en contact avec cette fille, cette humaine qui s'est enfuie avec Aradia. Qui sait quel message cette petite vermine lui apportait ?

Aucun message, se dit Maggie. *Pas de la part de cette vermine en tout cas. Mais j'en aurais volontiers transmis un si j'avais pu.*

Sylvia reprit :

– Gavin a dit qu'Aradia n'était pas encore au courant pour la potion de vérité… qu'elle était pratiquement morte. Je ne crois pas qu'elle aurait pu transmettre quoi que ce soit. Je jurerais que Delos ne sait même pas qu'elle se trouve dans la vallée.

– Les sorcières, gronda Hunter, ont déjà une Puissance sauvage de leur côté.

– Mais elles n'en auront pas une deuxième, se buta Sylvia. J'ai envoyé des gens à sa recherche. Tous les nobles sont de notre côté. Ils ne la laisseront pas atteindre Delos.

– Il aurait fallu la tuer dès le début. À moins que tu n'aies un penchant pour elle… comme tu l'as toujours pour ce garçon humain.

Derrière son rideau de lin, Maggie se raidit.

« Comme tu l'as toujours… » *Pas* « comme tu l'avais »… *Et qui donc pourrait être ce garçon humain si ce n'est Miles ?* Grinçant des dents, elle entendit Hunter changer de sujet :

– Ou que tu gardes une certaine loyauté envers les sorcières ?

Le visage de Sylvia s'empourpra.

– Absolument pas ! C'est fini et tu le sais ! Je suis peut-être une jeteuse de sorts, mais plus une sorcière.

– Heureusement que tu n'as pas oublié ce qu'elles t'ont fait. Après tout, tu aurais pu être une Femme de la Terre, si tu avais pris ta vraie place au Conseil.

– Oui...

– Comme ta grand-mère et sa mère avant elle. C'étaient des Harman, comme ton père. Quel dommage que le nom ne soit pas transmis par la branche mâle ! Tu n'es qu'une Weald.

– J'étais une Harman, gronda Sylvia en baissant de nouveau les yeux comme si elle ne se parlait plus qu'à elle-même. J'en étais une et pourtant, j'ai dû assister à l'investiture de mes cousines à ma place. Des semi-humaines ! Elles m'ont évincée, tout ça parce qu'elles descendaient de la lignée féminine.

– Triste tradition, admit Hunter.

– Tu ne dois pas douter de ma loyauté, insista-t-elle en relevant la tête. Je veux ma place dans le nouvel ordre du millénaire. J'en ai assez des sorcières.

– Je sais, sourit Hunter.

Il se mit à faire les cent pas à travers la pièce. Il avait obtenu ce qu'il voulait, comprit Maggie. Il ajouta d'un ton désinvolte :

– Assure-toi seulement que le pouvoir de Delos reste bridé jusqu'à ce que tout soit décidé.

Sylvia se pencha pour ramasser son panier.

– Les nouveaux envoûtements sont prêts. J'ai apporté quelques ingrédients supplémentaires trouvés chez les plus anciennes sorcières du cercle de Minuit. Il ne se doutera de rien.

– Et tu es la seule à pouvoir les dénouer ?

– La seule. Même l'Aïeule de toutes les sorcières en serait incapable. Encore moins la Demoiselle.

– Bravo ! Je te fais confiance. Au fond, tu as bien du sang lamie pour contrebalancer tes origines de sorcière. Tu es ma propre arrière-arrière-petite-fille de la huitième génération.

Maggie eut envie de le boxer. Elle était à la fois éperdue, affolée et indignée devant cet être qui semblait si bien manipuler son monde, à commencer par Delos, prince et Puissance sauvage qu'il prenait pour une de ses marionnettes.

Je me demande ce qu'ils feront s'il refuse de se joindre à eux...

Hunter tourna soudain les talons pour se diriger vers la porte, marqua une pause, adressa un clin d'œil vers Sylvia. Il affirma d'une voix trop empressée, ou trop forte, enfin qui sonnait faux :

– Tu ne sais pas à quel point je suis content d'avoir enfin un véritable héritier mâle, qui ne soit pas entaché par le sang des sorcières. Jamais je n'aurais épousé Maeve Harman si j'avais su que mon fils était encore vivant. Non seulement vivant, mais lui-même géniteur de garçons ! Les derniers Redfern au monde, pourrait-on dire.

Maggie se mordit la lèvre. Elle devinait qui se trouvait derrière la porte.

Ce fut bien Delos qui entra.

16

– Désolé, je dérange peut-être ?

Maggie dut faire un effort pour ne pas pousser un soupir trop violent. C'était toujours un choc de le voir arriver. Même en présence de Hunter Redfern et de la pâle et pétillante Sylvia, il les surclassait tous. Tel un vent froid, il semblait surgir dans un tourbillon d'énergie, réveiller tout le monde à petits coups de bourrasques neigeuses.

Sans compter qu'il était superbe.

Et pas du tout impressionné par Hunter, songea Maggie. Il faisait face à son arrière-grand-père sans baisser ses yeux dorés, une expression de défi sur son visage aux traits fins.

– Pas du tout, répondit aimablement Hunter Redfern. Nous t'attendions, en planifiant les festivités.

– Quelles festivités ?

– Pour célébrer notre accord. Je suis si content que nous ayons fini par nous entendre ! Pas toi ?

Imperturbable, Delos ôta ses gants.

– Si, bien sûr. Dès que nous aurons trouvé un accord, j'en serai enchanté.

Maggie se mordit encore les lèvres. Avec délectation cette fois. Jamais elle n'avait autant apprécié la lugubre rigidité de Delos que face au sourire superficiel de Hunter et aux minauderies de Sylvia.

Abrutie ! se dit-elle, *comme si je l'avais jamais appréciée ! Ce mec est un glaçon.*

Néanmoins, il y avait quelque chose de net et d'inaccessible dans cette froideur et elle ne pouvait s'empêcher d'admirer son attitude face à Hunter. Même si cela lui faisait un peu mal de le voir ainsi, tendu, élégant, ses cheveux sombres ébouriffés par sa course à cheval.

Pourtant, la peur restait tangible ; Maggie tremblait devant l'aura de puissance qui émanait de lui. N'allait-il pas détecter sa présence, puisqu'il y était parvenu quand Aradia tentait de bloquer les signaux de sa force vitale ? Il se tenait là, tout au plus à trois mètres d'elle, avec un simple rideau de lin pour les séparer. Et elle ne pouvait rien faire d'autre qu'écouter.

– Sylvia a pris la liberté de commencer les préparatifs, dit Hunter. J'espère que ça ne t'ennuie pas. Nous devrions pouvoir régler les derniers détails avant demain, n'est-ce pas ?

D'un air soudain las, Delos jeta ses gants sur le lit en lâchant :

– Si.

– Nous sommes déjà d'accord sur l'essentiel.

Cette fois, Delos se contenta de hocher la tête.

– J'ai hâte de te montrer le monde du Dehors, reprit Hunter. (Maggie perçut de la sincérité dans son intonation.) Mon arrière-petit-fils ! Dire qu'il y a un an je ne soupçonnais même pas ton existence...

Il vint lui donner une bourrade, geste qui rappelait tant l'ancien roi que Maggie en écarquilla les yeux.

– Je vais lancer des préparatifs de mon côté, ajouta-t-il. J'estime que la dernière chasse avant ton départ doit être extraordinaire, n'est-ce pas ?

Il sortit en souriant.

Delos contemplait d'un air maussade la couverture de fourrure.

– Alors, lança gaiement Sylvia. Comment va ton bras ?

Il portait toujours la lourde attelle que Maggie lui avait déjà vue la veille.

– Très bien.

– Ça fait mal ?

– Un peu.

– C'est parce que tu t'en es encore servi pour t'entraîner, soupira Sylvia. Je t'avais prévenu, pourtant.

– Tu peux le soulager un peu ?

Elle ouvrait déjà son panier.

– Je t'ai dit que ça prendrait du temps. Mais ça devrait aller de mieux en mieux... tant que tu n'en fais pas usage.

Elle tournait le dos à Maggie qui ne vit pas vraiment ce qu'elle faisait sur cette attelle mais ne pouvait s'empêcher de penser que c'était forcément négatif. Et son cœur de vibrer de pitié pour le prince. *Je ne peux pas la laisser lui infliger ça. Mais comment l'en empêcher ? Impossible. Si elle me voit, c'est fichu...*

– Là, dit Sylvia. Cela devrait tenir un certain temps.

Maggie grinçait des dents.

Elle va bien finir par s'en aller, maintenant... Voilà au moins un siècle que je suis assise sur ce tabouret à l'écouter jacasser.

– À présent, reprit Sylvia, je vais ranger tes gants.

Oh non ! songea Maggie horrifiée. Sur l'étagère, à côté d'elle, s'entassaient des piles de gants...

– Non, dit Delos. J'en ai besoin.

– Allons donc ! Tu ne vas pas ressortir...

– Je les garde.

Toujours doué de ses merveilleux réflexes, il s'interposa entre Sylvia et la garde-robe, les lui arrachant presque des mains.

Elle lui décocha un long regard interrogateur, et cette fois, Maggie la voyait très bien, sa peau nacrée délicatement rosie, ses yeux couleur de violette embuée de rosée, ses cheveux blond pâle qui brillaient suivant le lent mouvement de sa tête.

Delos resta intraitable.

Haussant alors ses fragiles épaules, Sylvia lâcha les gants.

– Je vais m'occuper du banquet, annonça-t-elle dans un léger sourire.

Elle ramassa son panier et se dirigea vers la sortie.

Delos la laissa faire.

Derrière son rideau, Maggie restait assise sans oser respirer. Quand il eut refermé la porte derrière Sylvia, elle se releva doucement, recula ; elle voyait encore une partie de la chambre.

Delos arrivait d'un pas décidé.

– Tu peux sortir maintenant, lança-t-il.

Maggie ferma les yeux. *Génial ! Je m'en doutais.*

Pourtant, il n'avait pas laissé Sylvia la démasquer, pas plus qu'il ne l'avait tout simplement dénoncée à ses gardes. Bon signe... Finalement, elle n'aurait peut-être même pas besoin de le persuader ; il était sans doute déjà prêt à se montrer raisonnable...

– Ou dois-je entrer ? insista-t-il menaçant.

Ou pas, se dit Maggie.

Elle ressentit soudain le désir absurde de chasser la poussière qui couvrait ses cheveux et secoua la tête à plusieurs reprises. Sans succès. Affreusement consciente de sa saleté dans ses vêtements d'esclave, elle ouvrit le rideau et sortit.

– Je t'avais prévenue, lança Delos.

Il lui faisait face, les jambes écartées, la mâchoire crispée, l'air sombre. Plus prince vampire que jamais.

Quant à moi... je suis la souillon... une vermine, quoi. Rien qui rehausse le statut de l'humanité. Jusque-là, elle n'avait guère prêté attention à ses vêtements ou à sa coiffure, mais maintenant, elle aurait voulu au moins être présentable. D'autant que c'était peut-être le sort du monde qui dépendait d'elle.

Toutefois, elle sentit immédiatement cette chose qui existait entre elle et Delos. Une liesse vibrante qui accéléra la course du sang dans ses veines, qui fit battre son cœur de peur autant que d'allégresse.

Elle lui fit face avec la même détermination.

– J'ai appris des choses qui devraient t'intéresser, commença-t-elle.

Ce qui ne parut pas le faire changer d'avis.

– Je t'ai dit ce qui t'arriverait si tu venais ici. Que je ne te protégerais plus.

– Je sais. Pourtant, tu m'as encore protégée. Et je t'en remercie… mais je ferais mieux de te dire ce qui se passe. Sylvia est du genre soupçonneux, et si elle est allée raconter à Hunter Redfern que tu ne voulais pas que les gens regardent dans ta garde-robe…

– Tu ne comprends donc rien ? s'emporta-t-il avec une telle violence qu'elle en resta bouche bée. Tu vas mourir et on dirait que ça t'est égal. Es-tu trop sotte pour l'admettre, ou as-tu seulement envie d'en finir ?

– Je comprends, balbutia-t-elle apeurée.

– Sûrement pas ! Mais je vais t'aider.

À peine eut-il haussé les sourcils que ses yeux se mirent à luire d'une éclatante lumière dorée qui semblait provenir de ses propres orbites.

Même si Maggie avait déjà vu ce spectacle, elle reçut un choc en voyant ses traits ainsi changer, son teint blêmir, lui donnant l'air d'un dieu ciselé dans un bloc de glace. Ses pupilles se dilatèrent comme celles d'un prédateur affamé, sa bouche hautaine se tordit de rage.

Une seconde à peine avait dû s'écouler et voilà qu'il s'avançait sur elle, écartant les lèvres pour laisser apparaître des crocs qui parurent encore plus longs, plus effilés que dans le souvenir de Maggie horrifiée.

– Regarde-moi tel que je suis, un prédateur appartenant à un monde où tu ne survivrais pas un instant. Je n'ai cessé de te le répéter, mais tu refuses de m'écouter. Tu t'introduis dans mon propre château, en croyant pouvoir te moquer du danger. Alors, je vais te montrer à quoi tu t'exposes.

Elle fit un pas en arrière, mais le mur était tout proche et le lit lui barrait le chemin sur sa gauche. Delos se tenait entre elle et la porte. En outre, elle connaissait ses réflexes.

Les jambes flageolantes, le souffle court, elle luttait contre la panique. *Ce n'est pas vrai... il ne va pas faire ça...* Remontaient à la surface les instincts de fuite d'ancêtres oubliés. Quelque part, elle se revoyait gibier poursuivi par des fauves.

Elle recula jusqu'à heurter la tapisserie au mur. Elle n'avait plus nulle part où aller. Et Delos franchit avec la souplesse d'un tigre la distance qui les séparait.

Il se retrouva juste en face d'elle, qui ne pouvait s'empêcher de contempler encore cette beauté surnaturelle, tandis que sa tête s'emplissait d'odeurs de feuilles mortes et de neige. En même temps, elle sentit la chaleur de ce corps tout proche du sien.

C'est tout sauf un mort-vivant, songea-t-elle. *Il est impitoyable, on l'a élevé dans le seul but de devenir une arme, mais il est tout ce qu'il y a de vivant... peut-être même l'être le plus vivant que j'aie jamais vu.*

Posant des mains d'acier sur ses épaules, il l'attira vers lui, sans brutalité mais sans tendresse non plus, jusqu'à ce que leurs corps se rejoignent, et c'étaient deux flammes jaunes qui la fixaient... qui fixaient sa gorge.

Elle vit sa veine se gonfler, mais n'en garda pas moins la tête haute, se cambrant même contre lui, alors qu'elle le sentait animé d'élans qui n'avaient plus rien d'humain.

Sur le coup, la panique faillit la submerger ; incapable de réfléchir, elle n'était plus qu'une masse instinctive qui n'aspirait qu'à prendre la fuite.

Pourtant, cet instinct fit bientôt place à l'impression d'émerger à la surface d'un lac profond, dans une atmosphère cristalline. Soutenant ce regard doré, elle dit simplement :

– Vas-y !

Elle eut le plaisir de lire de la surprise dans ces prunelles.

– Pardon ?

– Vas-y. Ça n'a pas d'importance. Tu es plus fort que moi, on le sait bien. Mais tu ne pourras jamais me transformer en proie. Tu n'en as pas le pouvoir. Tu ne peux pas me contrôler.

Il émit un sifflement reptilien.

– Quelle...

– Tu voulais me faire peur : j'ai peur. Mais ce n'est pas la première fois de ma vie. Et ça n'a pas d'importance. Il y a des choses plus graves en jeu ici. Prouve-moi ce que tu as à me prouver, ensuite je te dirai de quoi il s'agit.

– Sotte ! acheva-t-il. (Mais Maggie avait l'impression que sa colère se portait plutôt contre lui-même.) Tu ne crois pas que je te ferais du mal.

– Là, tu te trompes.

– Je vais te faire du mal, te montrer...

– Tu peux me tuer. Mais c'est tout. Je t'ai dit que tu ne pouvais pas me contrôler. Et ça, tu n'y changeras rien.

Cette fois, il explosait de fureur, ses yeux virant carrément au noir, tant ses pupilles s'agrandissaient. Soudain, Maggie se rappela que ce n'était pas seulement un vampire, ni une arme, mais un être apocalyptique aux pouvoirs de fin du monde.

Les crocs se rapprochaient d'elle.

– Je vais te faire du mal, répéta-t-il. Regarde.

D'un mouvement furieux, il plongea, bien décidé à l'effaroucher comme jamais...

… et il l'embrassa, posant sur sa bouche des lèvres fraîches comme une pluie de mai.

Maggie s'accrocha désespérément à lui pour lui rendre son baiser. Alors elle le sentit trembler entre ses bras. Et tous deux se fondirent l'un dans l'autre.

Ce fut comme lorsque leurs esprits s'étaient unis pour la première fois. Un frisson envahit son corps tout entier et Maggie vit s'étirer la connexion qui les reliait ; elle se retrouva dans cet endroit merveilleux où eux seuls existaient, où rien d'autre ne comptait.

Obscurément, elle sentait que son être physique s'écroulait, qu'ils s'effondraient tous les deux, toujours agrippés l'un à l'autre. Mais en ce lieu paisible à la beauté cristalline où elle se trouvait vraiment, ils se faisaient face dans une lumière blanche.

Comme si elle s'était à nouveau introduite dans son esprit, mais cette fois, il restait devant elle sans la quitter des yeux. Il n'avait plus l'air d'une arme d'apocalypse, ni même d'un vampire, avec ses longs cils cachant ses iris dorés presque enfantins, et leur expression terriblement mélancolique.

Il déglutit et elle entendit alors sa voix mentale, un souffle à peine audible.

– *Je ne veux pas…*

– *Si !* coupa-t-elle indignée.

Les barrières normales qui existaient entre deux personnes avaient disparu ; elle savait ce qu'il ressentait et ne voulait pas qu'il lui mente.

– *... que ça s'arrête,* acheva-t-il.

– *Oh !*

Des larmes brûlantes emplirent les yeux de Maggie.

Suivant son instinct, elle l'attira vers lui et ils s'embrassèrent mentalement comme s'embrassaient leurs corps physiques, avec cette impression que des ailes invisibles battaient autour d'eux.

Maggie capta des fragments de ses pensées, pas seulement celles qu'il émettait en surface, mais d'autres si obscures qu'elle n'aurait pu affirmer que lui-même en avait conscience.

– *Si seul... toujours si seul. Destiné à la solitude. Toujours seul...*

– *Non,* assura-t-elle en essayant d'atteindre le plus profond de son être. *Je ne te laisserai pas seul. Nous sommes destinés l'un à l'autre, tu ne le sens pas ?*

Elle, en tout cas, sentait son puissant désir. Mais il ne s'en laisserait pas convaincre aussi vite.

Elle entendit quelque chose comme *destinée...* et vit les images qu'il transmettait de son passé. Son père. Ses professeurs. Les nobles. Jusqu'aux esclaves qui avaient entendu les prophéties. Tous croyaient qu'il n'avait qu'un destin, lié à la fin du monde.

– *Tu peux changer ton destin,* assura-t-elle. *Tu n'as pas à le subir. J'ignore ce qui se passera pour le monde, mais tu n'as pas à suivre la destinée qu'on t'impose. Tu as le pouvoir de résister !*

Le temps d'un battement de cœur, l'image du père parut se rapprocher, immense, terrible, un père vu à travers des yeux d'enfant. Puis ses traits s'évanouirent, changeant juste assez pour devenir ceux de Hunter Redfern, avec cette même lueur cruelle dans les yeux.

L'image fut balayée par l'ouragan de la colère de Delos.

– *Je ne suis pas une arme.*

– *Je sais.*

– *Je choisirai aujourd'hui qui je suis. Je choisirai ma voie.*

– *Oui.*

Et Delos de conclure simplement :

– *Je te choisis toi.*

Sa colère l'avait abandonné. Un court instant, elle capta une autre image où elle se vit encore à travers ses yeux.

Il ne la considérait pas comme une esclave aux cheveux crasseux, au visage sale et aux vêtements informes. Il percevait une fille aux cheveux couleur d'automne, aux yeux noisette d'une profondeur infinie

– de ces yeux qui jamais ne chancelaient mais regardaient droit dans son âme. Il la voyait chaleureuse, authentique et vibrante, qui dégelait la glace noire de son cœur pour le libérer.

Cette image disparut également et ils se retrouvèrent simplement dans les bras l'un de l'autre, enveloppés de paix.

Ils demeurèrent un moment ainsi, visitant mutuellement leurs esprits. Delos ne semblait pas décidé à bouger.

Et Maggie aussi voulait que cela dure. Elle avait envie de rester là longtemps, à explorer les coins les plus secrets de l'esprit qui s'ouvrait à elle. De toucher comme il ne l'avait jamais été cet esprit qui, au-delà de toute logique, était celui de sa moitié. Qui lui appartenait. Son âme sœur.

Mais autre chose tenaillait sa conscience. Elle ne pouvait l'ignorer et, quand elle put enfin s'en rendre compte, tout lui revint en mémoire.

Elle se sentit balayée par une vague d'inquiétude si forte qu'elle en fut chassée de l'esprit de Delos.

Le choc de la séparation se réverbérait en lui alors qu'elle s'asseyait en reprenant possession de son propre corps. Tous deux restaient encore assez liés pour que cela leur fasse un peu mal. Mais elle avait trop peur pour s'en soucier.

– Delos, souffla-t-elle. Il faut qu'on fasse quelque chose. Ça va barder.

Il cligna des yeux, comme s'il se réveillait d'un profond sommeil.

– Ça ira bien, assura-t-il.

– Non. Tu ne comprends pas.

– Si c'est Hunter Redfern que tu crains... soupira-t-il, irrité.

– Lui... et Sylvia. Je les ai entendus parler alors que j'étais cachée dans la garde-robe. Tu ne sais pas ce qu'ils manigancent.

– Peu importe, j'ai de quoi les neutraliser.

Il se redressa en regardant son bras gauche.

– Tu ne peux pas, s'écria-t-elle avec ferveur. Et c'est ça le problème. Sylvia t'a jeté un sort, un envoûtement, comme elle l'a dit. Tu ne peux pas utiliser ton pouvoir.

17

– Tu ne me crois pas ?

– Je ne doute pas que Sylvia ait essayé, répondit-il. Mais je ne pense pas qu'elle soit assez puissante.

– Elle dit avoir utilisé des ingrédients spéciaux. Et aussi que personne d'autre ne pourrait dénouer son sortilège.

Comme il semblait toujours douter, elle ajouta :

– Essaie, pour voir.

Sans se faire prier, il tira sur l'attelle, qui ne résista pas longtemps. Maggie cligna des yeux. Il tendit le bras vers le mur, sortit un couteau de sa ceinture. Elle avait oublié le principe du sang et se mordit la joue quand il fit une petite entaille dans son poignet ; une goutte perla, un filet s'écoula.

– Juste une petite explosion, dit alors Delos en visant tranquillement le mur.

Rien ne se produisit.

Il se rembrunit, se concentra, écarta les doigts.

Toujours rien.

Maggie laissa échapper un soupir. *J'imagine que les sortilèges sont invisibles,* songea-t-elle. L'attelle n'était là que pour l'effet.

Delos considérait son bras comme s'il ne lui appartenait pas.

– Les ennuis commencent, souffla-t-elle. Avec Sylvia, ils se croyaient seuls ici, alors ils ont parlé d'un tas de choses. Tout ce qui intéresse Hunter c'est que tu l'aides à détruire les humains. Mais il y a eu un gros bouleversement dans le Night World : les sorcières ont fait sécession.

Delos s'immobilisa, le regard dans le lointain.

– Ça veut dire la guerre. La guerre ouverte entre sorcières et vampires.

– Sans doute, approuva-t-elle. Mais écoute, elles ont envoyé quelqu'un ici, une ambassadrice pour te parler. Pour te convaincre de te ranger de leur côté. Hunter dit qu'elles ont déjà l'une des Puissances sauvages avec elles. Tu vois de quoi je parle ?

– Sans doute, répondit-il d'une voix étrangement distante. (L'œil vague, il semblait fixer un horizon que Maggie ne pouvait voir.) Mais une sur quatre, ce n'est rien. Deux sur quatre, trois sur quatre… ça ne suffit pas.

– De quoi parles-tu ? (Sans attendre de réponse, elle embraya.) Écoute, je connais la fille qui est venue te parler. C'est celle avec qui j'étais sur les rochers, celle que tu as aussi sauvée de Bern : Aradia, la Demoiselle de toutes les sorcières. Voilà. Et maintenant, les autres la cherchent pour la tuer, pour l'empêcher d'arriver jusqu'à toi. C'est mon amie.

– Dommage.

– Il faut les arrêter ! s'écria-t-elle exaspérée.

– Impossible.

Prise de court, elle ne sut que balbutier :

– Qu'est-ce que… tu racontes ?

– Que nous ne pouvons pas les arrêter. Ils sont trop forts. Maggie, écoute-moi ! ajouta-t-il comme elle protestait.

C'est la première fois qu'il prononce mon nom à haute voix, remarqua-t-elle malgré son désarroi. Et puis elle se concentra sur ce qu'il disait :

– Il ne s'agit pas seulement du sort qu'ils m'ont jeté, et pas seulement non plus du fait qu'ils contrôlent le château. Parce que, oui, c'est la vérité… Tu n'es pas là depuis longtemps, tu ne comprends pas. Ici, les nobles sont presque tous âgés de plusieurs siècles, ils n'aiment pas être gouvernés par un jeune trop précoce aux pouvoirs inimaginables. Dès que Hunter est apparu, ils lui ont accordé leur loyauté.

– Mais...

– Il représente tout ce qu'ils admirent. Le vampire parfait, le prédateur ultime sans foi ni loi, assoiffé de sang, prêt à leur offrir le monde pour terrain de chasse. Crois-tu vraiment que l'un d'entre eux puisse y résister ? Après des années de chasse tellement effrénée que le gibier a fini par être rationné ? Avec parfois de vieux esclaves en guise de prime ? Tu crois qu'aucun d'eux ne le suivrait de bonne grâce ?

Maggie ne savait pas quoi répondre, car il avait raison. Et c'était bien là le pire.

– Ce n'est pas tout, ajouta-t-il. Tu veux entendre une prophétie ?

– Pas trop...

Elle en avait entendu plus qu'il n'en fallait pour une vie entière, mais il n'en continua pas moins :

– Mon vieux professeur me répétait souvent ceci :

« Quatre se tiennent entre ombre et lumière,
Quatre de la Flamme bleue, la puissance dans le [sang.
Apparus l'année de la vision de la Demoiselle [aveugle ;
Quatre moins une et les ténèbres l'emporteront. »

Maggie ne voyait là rien de nouveau. La seule chose qui lui semblait intéressante était cette allusion à la Demoiselle aveugle. Certainement Aradia, la célèbre sorcière.

– Que signifie « Apparues l'année de la vision de la Demoiselle aveugle » ? demanda-t-elle.

– Que toutes les Puissances sauvages ont le même âge, nées il y a dix-sept ans. Mais là n'est pas la question. L'important transparaît dans le dernier vers : « Quatre moins une et les ténèbres l'emporteront. » Cela signifie que l'obscurité vaincra, Maggie.

– C'est-à-dire ?

– Qu'il n'existe pas de moyen de l'éviter, aucune possibilité selon laquelle humains et sorcières pourraient gagner les quatre Puissances sauvages à leur cause. Il suffit qu'une seule se dresse contre eux pour que les ténèbres triomphent. Il suffit aux vampires de tuer l'une des Puissances sauvages, et tout sera dit. Ne comprends-tu pas ?

Maggie comprenait et cela lui semblait encore plus effrayant que ce qu'il avait dit auparavant.

– Mais ça ne signifie pas qu'il faille abandonner, insista-t-elle. Sinon, tout est terminé. On ne va pas se rendre, les laisser gagner…

– Certainement pas, il faut se joindre à eux.

Après un long silence, Maggie s'aperçut qu'elle était restée bouche bée.

– Quoi ?

– Nous devons être du côté des vainqueurs, c'est-à-dire de celui des vampires, énonça-t-il avec le regard funeste d'un tigre. Je suis navré pour tes amis, mais ils n'ont aucune chance. Et la seule qui te reste à toi est de devenir vampire.

Elle eut l'impression que son cerveau passait en surmultipliée.

D'un seul coup, elle comprit où il voulait en venir et réagit avec l'énergie du désespoir. Déjà, il s'était jeté sur elle à la vitesse de l'éclair, mais elle avait bondi de côté avant qu'il ne puisse la saisir.

– Tu perds la tête ?

– Non.

– Tu vas me tuer ?

– Je vais te sauver la vie avec les moyens qui me restent.

Ce n'est pas vrai... songea-t-elle en le voyant la suivre avec assurance. Elle contourna le lit, s'arrêta. Tout ça ne servait à rien. Il finirait vite par l'attraper. Il n'avait pas l'air de plaisanter, alors elle baissa les bras, respira.

– Delos, il ne s'agit pas que de moi, ni de mes amis, mais de tous les esclaves de la vallée, de tous les humains du Dehors. Ça ne servira en rien leur cause si je deviens vampire.

– Je suis navré, répéta-t-il. Mais tu es la seule cause qui m'importe.

– C'est faux ! cria-t-elle.

Et elle fondit en larmes. Elle les essuya d'un geste agacé de la main, inspira profondément.

– Je ne te laisserai pas faire.

– Tu ne peux pas m'arrêter.

– Je résisterai. Je t'obligerai à me tuer plutôt que de me transformer en vampire. Essaie un peu !

Le regard de félin demeura sur elle et soudain se détourna. Delos recula, l'air insondable.

– Bien, dit-il. Si tu refuses de coopérer, je vais te jeter en prison jusqu'à ce que tu comprennes où est ton intérêt.

De nouveau, Maggie resta interdite.

– Tu n'oseras pas...

– Crois-tu ?

La prison, comme tout le reste du château, était plus vraie que nature ; elle ressemblait à bien des descriptions que Maggie avait lues dans les livres : jonchée de paille, avec un banc de pierre taillé à même la muraille et une lucarne fermée par des barreaux, à cinq mètres au-dessus de sa tête.

Une fois qu'elle eut inspecté la litière pour conclure qu'elle préférait ne pas savoir ce qui se trouvait dessous, secoué les barreaux de la grille d'entrée, sauté sur le banc pour tenter d'atteindre la lucarne, elle vit qu'il n'y avait rien à faire. Alors elle s'assit pour admettre qu'elle était complètement dépassée par la situation.

Elle se trouvait bel et bien coincée dans cette cellule. Delos ne plaisantait pas. Et le monde, le monde réel, risquait d'en payer bientôt les conséquences.

Non qu'elle n'ait pas compris ce qu'il avait derrière la tête. Elle sentait à quel point il voulait la protéger. Et désirait le protéger elle aussi. Mais comment oublier tous les autres ? Ses parents, ses amis, ses professeurs, la marchande de journaux ? Si elle laissait Delos abandonner, qu'allait-il leur arriver ?

Et à ceux du royaume des Ténèbres ? Blanchisseuse et Vieille Repriseuse, et Arroseuse et Videuse de pots de chambre, et tous les autres esclaves ? Elle se souciait également d'eux, admirait leur sombre détermination à continuer de vivre malgré tout, leur courage quand ils avaient risqué leur vie pour l'aider.

C'est ce que Delos ne comprend pas, songea-t-elle. *Il ne voit pas en eux des êtres vivants et se fiche qu'ils existent ou non. Toute sa vie, il ne s'est soucié que de lui-même, et maintenant aussi de moi. Il ne peut pas voir plus loin.*

Si seulement elle trouvait un moyen de le lui prouver... Mais rien ne venait et les heures passaient dans un silence de plus en plus pesant, tandis qu'elle cherchait toujours. Finalement, la lumière du couloir s'éteignit et le froid s'installa.

Elle était à moitié engourdie, blottie sur son banc glacial, quand elle entendit une clef tourner dans une serrure. Aussitôt, elle sauta sur ses pieds, bondit vers la grille dans l'espoir de voir Delos.

La porte de l'étroit corridor s'ouvrit sur une main portant une lanterne. Mais ce n'était pas Delos, juste un garde, suivi d'un autre qui amenait un prisonnier.

– Jeanne ! s'écria Maggie, consternée.

À son grand désarroi, cela ne s'arrêta pas là. Un troisième garde entra, qui soutenait à moitié Aradia. Ils les jetèrent toutes deux dans la cellule, la refermèrent dans un sinistre cliquetis.

Maggie ne comprenait pas : ce n'était pas le genre de Jeanne de se rendre sans lutter. Alors que les gardes s'éloignaient, l'un d'eux accrocha un flambeau dans un anneau de fer pour laisser un peu de lumière aux prisonnières.

Et ce fut tout.

Jeanne se releva, puis aida Aradia à se remettre sur pied.

– Ils gardent Polly en haut, annonça-t-elle à Maggie. Ils ont dit qu'ils ne lui feraient pas de mal si on se rendait sans histoire.

Maggie ouvrit la bouche, la referma, pour finir par articuler :

– C'est Delos qui a dit ça ?

– Delos et Hunter Redfern, et cette sorcière. Que des gens délicieux !

Maggie se laissa tomber sur le banc.

– Je suis désolée, souffla-t-elle.

– Pourquoi ? Parce que tu fais confiance à n'importe qui ? Tu n'es pas responsable de ses actes.

– Elle dit ça parce qu'elle est son âme sœur, intervint Aradia.

Jeanne en parut aussi édifiée que si elle avait parlé chinois.

Dans la semi-obscurité, Maggie jeta un coup d'œil vers la fille qu'elle avait appelée Cady et qui se révélait une sommité dont elle n'aurait jamais soupçonné l'existence.

– Qui t'a dit ça ? interrogea-t-elle.

Un sourire étira la jolie bouche.

– Je l'ai compris dès que tu es revenue de votre première rencontre, mais j'étais trop assommée pour pouvoir me concentrer sur ton cas. J'en ai vu beaucoup, ces dernières années… je veux dire, des gens qui trouvent leur âme sœur.

– Tu vas mieux, on dirait ? Tu parais plus… éveillée.

Il n'y avait pas que ça. Aradia s'était toujours montrée d'une paisible dignité, mais à présent, elle affichait une autorité, une assurance surprenantes.

– Les guérisseuses m'ont aidée, mais je suis encore faible. Je ne peux pas me servir de mes pouvoirs… encore que je ne sois de toute façon pas capable d'abattre un mur.

– En tout cas, je suis contente que tu sois réveillée. Euh… je connais ton vrai nom maintenant. Désolée d'avoir mal compris…

Aradia lui prit doucement la main.

– Écoute, mon amie, déclara-t-elle avec une confondante conviction, personne ne m'a jamais autant aidée que tu ne l'as fait, alors que rien ne t'y obligeait. Si tu avais fait partie de mon entourage, si tu avais su qui j'étais, ç'aurait déjà été extraordinaire. Mais là, pour une humaine qui ne savait rien de moi… Je ne sais pas si nous survivrons à cette nuit, pourtant, si c'est le cas et si les sorcières peuvent jamais faire quelque chose pour toi, tu n'auras qu'à demander.

– Merci, murmura Maggie intimidée. Je veux… tu sais… je n'aurais jamais pu te laisser tomber.

– Je sais. Et c'est ça le plus étonnant. (Elle lui serra la main.) Quoi qu'il arrive, je ne t'oublierai jamais, ni moi ni les autres sorcières, si j'ai mon mot à dire.

Maggie dut se retenir pour ne pas se remettre à pleurer car, si elle cédait, elle ne pourrait plus s'arrêter.

Jeanne n'avait pas perdu un mot de leur conversation, les regardant l'une après l'autre comme la spectatrice d'un match de tennis.

– C'est quoi ces âneries ? demanda-t-elle. Qu'est-ce que vous baratinez, toutes les deux ?

Maggie lui raconta tout, révélant non seulement qu'Aradia était la Demoiselle des sorcières, mais aussi tout ce qu'elle avait appris en écoutant Hunter Redfern et Sylvia.

– Ainsi, les sorcières ont quitté le Night World, dit paisiblement Aradia quand elle eut terminé. Elles avaient décidé de le faire au moment où je suis partie.

– Tu venais ici pour parler à Delos, dit Maggie.

– Oui. Nous avions entendu dire que Hunter avait obtenu des renseignements sur une nouvelle Puissance sauvage. Et nous savions qu'il n'avait pas l'intention de laisser le cercle de l'Aube l'accueillir.

– C'est quoi, le cercle de l'Aube ? demanda Jeanne.

– Le dernier cercle de sorcières… Mais il accepte aussi des humains, ainsi que des métamorphes, des vampires et tous ceux qui veulent vivre en paix avec les humains. Désormais, il est ouvert à tous ceux qui s'opposent aux ténèbres.

Aradia réfléchit un instant avant d'ajouter :

– J'appartenais au cercle du Crépuscule, celui des sorcières… pas trop méchantes… (Elle sourit, mais reprit vite son sérieux.) Désormais, il ne reste que deux camps : la lumière ou les ténèbres, c'est tout.

– Delos n'est pas vraiment dans les ténèbres, assura Maggie. Il est juste… un peu perdu. Il se joindrait à vous s'il ne croyait pas que ça pouvait entraîner ma mort.

Aradia lui serra de nouveau la main.

– Je te crois.

– Alors, tu es une sorte de chef chez les sorcières, c'est ça ? demanda Jeanne.

Aradia se tourna vers elle en riant.

– Je suis leur Demoiselle, je représente les jeunes sorcières. Si je vis assez longtemps, je finirai par être leur Mère, et puis leur Aïeule.

– Tordant ! Mais avec tout ça, tu ne vois pas un moyen de nous sortir de là ?

– Je ne peux pas, navrée. Si… si je peux vous aider, c'est juste en faisant une prophétie.

Maggie se racla involontairement la gorge.

– Je suis entrée endormie dans la cahute de la guérisseuse, poursuivait Aradia. Et il m'est venu une inspiration. Si cette vallée pouvait attendre une aide, ce serait en faisant appel à la loyauté de ses habitants.

Jeanne eut une réaction autrement bruyante et grossière que celle de Maggie.

– Autre chose, reprit Aradia sans relever. J'aurais dû te le dire plus tôt. Je sais des choses à propos de ton frère.

18

Maggie écarquilla les yeux.

– Tu… quoi ?

– J'aurais dû te le dire plus tôt, reconnut Aradia, mais je ne me suis rendu compte qu'il s'agissait de ton frère que lorsque j'ai eu l'esprit plus clair. Vous vous ressemblez beaucoup, seulement je n'étais pas en état de réfléchir à ce moment-là. Écoute, je ne voudrais pas te donner de faux espoirs, je ne suis pas certaine qu'il ait beaucoup de chances de s'en sortir…

– Continue, souffla Maggie.

– À vrai dire, il m'avait déjà sauvée avant que tu ne le fasses. Je voyageais avec d'autres sorcières et nous tentions d'entrer dans cette vallée. Nous ne savions pas exactement où se trouvait le défilé… nous n'avions obtenu que des informations incomplètes de nos espions dans la maisonnée de Hunter Redfern.

Contrôlant sa respiration, Maggie hocha la tête.

– Continue.

– C'était le soir de Samhain… Halloween. Nous arrivions dans la région du défilé et cherchions un sort susceptible de nous le révéler. Tout ce que nous avons réussi à provoquer, c'est une avalanche.

Maggie se figea.

– Une avalanche ?

– Elle n'a pas frappé ton frère, il se trouvait alors sur la route, à l'endroit où nous aurions dû tous nous tenir si nous avions su. Mais elle a tué le groupe qui m'accompagnait.

– Oh ! Je suis désolée…

– Je n'ai pas été grièvement blessée, en revanche, j'étais à demi assommée. Je sentais que les autres étaient mortes, mais je ne savais plus où je me trouvais. C'est alors que j'ai entendu ton frère appeler. Avec Sylvia, ils avaient vu l'avalanche et venaient vérifier si quelqu'un avait été pris dessous.

– Miles est toujours du genre à s'arrêter pour aider les gens, commenta Maggie d'une voix à peine audible.

– Tu ne sais pas à quel point j'étais contente de son intervention. Il m'a sauvé la vie, j'en suis certaine… J'aurais erré jusqu'à en mourir de froid. Et mon soulagement a redoublé quand j'ai réalisé que la fille qui l'accompagnait était une sorcière…

Elle fit la grimace.

– Euh… intervint Jeanne, je parie que ça n'a pas duré.

– Elle aussi m'a immédiatement identifiée. Elle a compris qu'elle tenait en moi un otage qu'elle pourrait négocier auprès des autres sorcières, pour se faire bien voir de Hunter Redfern. Bien sûr, elle savait aussi qu'elle pouvait m'empêcher de voir Delos.

– Elle ne cherche que son intérêt, assura Maggie. Je l'ai entendue parler… il n'est toujours question que d'elle, de la méchanceté des sorcières qui ne lui ont pas accordé une position supérieure parce qu'elle n'était pas une vraie Harman.

– Je ne suis pas une Harman de nom, moi non plus, dit Aradia en souriant. Mais toutes les vraies sorcières sont filles de Hellewise, Femme de la Terre… si elles veulent bien s'en rendre compte. Sylvia était si contente de m'avoir trouvée qu'elle n'a pas pu résister au plaisir de l'expliquer à ton frère. Et lui… n'a pas aimé ça.

– Oh non… s'empressa d'approuver Maggie avec fierté.

Sur le moment, cette idée lui réchauffa un peu le cœur.

– Avant, elle lui avait juste indiqué qu'elle allait l'emmener dans un lieu secret où les légendes vivaient encore. Là, elle lui racontait la vérité sur le royaume des Ténèbres et comment elle voulait en faire partie. Elle lui disait qu'il pourrait leur revenir, constituer leur propre petit paradis lorsque Delos l'aurait quitté pour suivre Hunter Redfern. Miles n'aurait qu'à choisir de se faire vampire ou métamorphe, comme il voudrait. Tous deux entreraient alors dans le Night World et ils régneraient tranquillement sur la vallée.

Maggie leva les mains dans un geste d'impuissance, parce qu'elle ne trouvait plus ses mots. Fallait-il que Sylvia soit complètement idiote ! Elle n'avait donc rien compris à Miles ?

– Jamais il n'aurait accepté ce genre de chose ! finit-elle par articuler.

– Non, en effet, et c'est ce qu'il lui a dit. J'ai aussitôt compris que cela allait lui attirer des ennuis. Mais je ne pouvais rien faire. Sylvia lui a joué la comédie, prétextant qu'elle voulait seulement m'emmener chez un médecin, et informer les gardes forestiers au sujet de mes amis. Mais une fois que nous nous sommes retrouvés chez elle, tout a changé.

– Je me souviens de son appartement, dit Maggie. Les gens m'y ont semblé plutôt glauques.

– Des créatures de la nuit, les amis de Sylvia. Nous étions à peine arrivés qu'elle leur a dit ce qu'il fallait faire. J'ai expliqué à Miles ce qui se passait, pour qu'il essaie de nous tirer de là, mais ces gens étaient trop nombreux. Il a voulu s'interposer entre eux et moi. Il a crié qu'ils devraient le tuer avant de me toucher.

Un poids énorme écrasait le cœur de Maggie, cependant, elle parvint à demander d'une voix posée :

– Ils l'ont tué ?

– Non. Pas là. Et peut-être ne l'ont-ils pas fait… je l'ignore. Tout ce que je sais, c'est qu'ils l'ont assommé et que les deux marchands d'esclaves sont arrivés. Bern et Gavin. C'était Sylvia qui les avait fait appeler.

Ils venaient sans doute d'enlever Polly, songea Maggie. *Charmants personnages !*

– Ils m'ont assommée, moi aussi. Après quoi, Sylvia m'a envoûtée avant de m'administrer son poison de vérité. Elle n'a pas obtenu beaucoup d'informations, parce que je n'en avais pas à lui donner. Aucune armée de sorcières ne comptait envahir le royaume des Ténèbres… À présent, je regrette que ce n'ait pas été la vérité. Et elle savait déjà que je venais pour voir Delos.

Aradia poussa un nouveau soupir avant d'achever :

– Toujours est-il qu'elle m'a empoisonnée et que je me suis mise à délirer. Je ne comprenais plus ce qui se passait autour de moi. Je sais qu'on m'a enfermée dans un entrepôt jusqu'à ce que le temps s'éclaircisse assez pour qu'on puisse m'emmener dans la vallée. Ils s'étaient déjà débarrassés de Miles... Sylvia l'avait dit avant de m'enfermer dans l'entrepôt. Mais j'ignore ce qu'ils avaient fait de lui...

Maggie déglutit, le cœur battant.

– Ce que je ne comprends pas, c'est pourquoi elle a monté tout ce scénario pour faire croire à sa disparition, en s'arrangeant pour que des gardes forestiers la découvrent dans la montagne et en disant qu'il était tombé dans une crevasse. S'il était mort, pourquoi ne pas juste le laisser disparaître ?

– Je crois connaître au moins la réponse à cette question, dit Aradia. Alors que Miles se débattait, il a crié que ses colocataires savaient qu'il était allé grimper avec elle, et que s'il ne revenait pas, ils s'en souviendraient.

Oui. Cela tenait debout. Tout tenait debout – et Maggie ne savait toujours pas ce qu'il était advenu de lui.

Un long silence s'ensuivit.

– Il était courageux, finit par commenter Jeanne. S'il est vraiment mort, c'était une belle mort. Espérons que la nôtre sera aussi sympa.

Maggie jeta un regard en coin à la jeune fille aux traits anguleux, mais elle n'avait pas l'air de se moquer d'elles.

Après tout, songea-t-elle, *Cady s'est bien transformée en Aradia, Demoiselle de toutes les sorcières, moi en Libératrice – même si je n'ai pas libéré grand monde. En revanche, Jeanne, c'est bien toi qui auras changé le plus…*

– Au fait, lui dit-elle brusquement, je ne sais même pas ton nom de famille.

– Euh… McCartney. C'était… c'est McCartney. J'avais quatorze ans quand ils m'ont enlevée. J'étais au centre commercial, je jouais à un jeu vidéo et j'ai voulu aller aux toilettes, au bout du couloir. Tout ce que je sais, c'est qu'ensuite je me suis réveillée dans le chariot des marchands d'esclaves. Tu connais le reste.

– Salut, Jeanne McCartney !

Maggie lui serra la main, avant de prendre aussi celle d'Aradia, et toutes trois se tinrent ainsi dans la semi-obscurité de cette prison, des esclaves, des humaines et la Demoiselle. *Sauf que nous sommes avant tout des filles,* songea-t-elle.

– Il y a encore une chose que tu ne m'as pas dite, reprit-elle soudain. Comment est-ce qu'ils t'ont appelée quand tu as commencé à travailler ici ? Quel était ton boulot ?

– Deuxième Assistante-Balayeuse des étables, grogna Jeanne. Maintenant, tu sais tout.

Maggie n'aurait jamais cru pouvoir dormir dans un endroit pareil, mais une fois que toutes trois eurent cessé de discuter, elle se mit à sommeiller. Ce fut un bruit de clef dans la serrure de la prison qui la réveilla.

Elle ne savait pas quelle heure il pouvait être – la lumière de la torche avait baissé. Elle sentit ses deux compagnes bouger à côté d'elle.

– Le dîner ? marmonna Jeanne.

– J'espère juste que ce n'est pas Polly, souffla Maggie.

Elle s'interrompit au son de pas fermes dans le couloir. Reconnaissant la démarche de Delos, elle s'approcha de la grille.

Il s'arrêta devant, la flamme mourante de la torche illuminant sa chevelure sombre. Il était seul.

Il ne perdit pas de temps en circonvolutions :

– Je suis venu voir si tu avais décidé de te montrer raisonnable.

– Je suis raisonnable depuis le début, affirma-t-elle le plus sérieusement du monde.

Elle chercha son visage, et aussi le lien de leurs deux esprits, en espérant pouvoir encore le faire changer d'avis. Mais à travers un tourment qui confinait à l'angoisse, elle perçut aussi sa détermination d'acier.

– Je ne permettrai pas qu'on te tue. Rien d'autre ne compte.

Maggie baissa les bras avant de se retourner vers Aradia et Jeanne, toujours assises sur le banc, immobiles mais attentives à ce qu'elles percevaient comme son ultime combat.

– Elles ont raison. Si je ne peux rien faire, personne ne le pourra… Mais comment m'y prendre ?

– Ce sont des personnes, dit-elle en les désignant à Delos. Je ne sais pas comment te le dire. Elles comptent, elles aussi.

Ce fut à peine s'il leur lança un regard.

– En ces temps de ténèbres qui arrivent, énonça-t-il comme s'il récitait une leçon, seules les créatures de la nuit survivront. Les anciennes forces de la magie se lèvent. Elles dormaient depuis plus de mille ans, mais elles s'éveillent.

Une voix douce, aussi dépourvue d'arrogance que d'angoisse, s'éleva du fond de la cellule :

– Certains d'entre nous croient que les humains peuvent apprendre à vivre avec la magie.

– Certains d'entre vous sont obtus et vont mourir, rétorqua-t-il sans lever les yeux.

Il ne regardait que Maggie. Qui ne regardait que lui. Tous deux s'adjuraient l'un l'autre de comprendre.

Il possède une volonté plus forte que la mienne, se dit Maggie en détournant la tête. Et puis elle se frappa le front du poing. *Non ! C'est faux. Je suis Maggie Brindacier, je n'abandonne jamais.*

Si je lui dis que certaines choses valent la peine de mourir pour elles…

Mais je ne crois pas qu'il ait peur de mourir. Il a juste peur pour moi. Alors, il ne m'écoutera pas si j'affirme que je préférerais mourir plutôt que de voir certaines choses arriver. Pourtant, c'est la vérité. On ne peut pas tout accepter à n'importe quel prix. Arrive un moment où il faut que ça s'arrête.

Elle se figea et la cellule sembla disparaître autour d'elle. Elle revoyait un petit chariot sombre tout aussi inconfortable, et entendait sa propre voix : « Jeanne, il faut que ça s'arrête. »

Prise de vertige, elle se tourna vers le banc :

– Jeanne ? Viens ici.

Celle-ci se leva et s'avança d'un pas hésitant.

– Montre-lui, dit alors Maggie en désignant Delos de la tête. Montre-lui ce que ses créatures de la nuit font aux esclaves qui tentent de s'échapper.

L'expression impénétrable, Jeanne la dévisagea un instant, haussa un sourcil puis pivota sur ses talons, soulevant sa tunique beige d'esclave, celle-là même qu'elle portait quatre jours plus tôt.

En voyant son dos, Delos eut un mouvement de recul, comme si elle lui avait balancé un coup de poing.

Maggie avait beau s'y attendre, elle n'en ressentit pas moins le contrecoup de l'effroi du prince et dut s'accrocher aux barreaux, le temps que sa vision repasse du noir au rouge, puis au grisâtre de la lumière ambiante.

– Qui a fait ça ? finit-il par demander d'une voix rocailleuse. Qui ?

Il était livide, ce qui accentuait encore la noirceur de ses yeux.

Jeanne laissa retomber sa tunique.

– Je croyais que vous vous fichiez de la vermine.

Et de regagner sa place sans répondre à la question. Ce fut Maggie qui reprit la parole :

– Il faut que certaines choses s'arrêtent, assura-t-elle. Tu vois ce que je veux dire ? Des choses que tu ne peux pas laisser continuer.

Là-dessus, elle attendit.

Je savais qu'il ignorait tout de ces pratiques, songea-t-elle vaguement soulagée.

Le silence s'appesantit. Delos ne quittait pas Jeanne des yeux ; il s'était passé une main dans les cheveux et paraissait maintenant un rien décoiffé, des mèches tombant sur son front. On aurait dit qu'il avait complètement perdu ses repères, qu'il ne savait plus à qui se fier.

Enfin, son regard se reporta sur Maggie, toujours accrochée à la grille. Jamais elle ne l'avait vu si vulnérable... si ouvert.

Mais si le prince Delos possédait une qualité, c'était la détermination. Après ce moment de désarroi, il se redressa, carra les épaules.

Comme à son habitude, il alla droit au but :

– Tu as raison et j'avais tort. Il faut que certaines choses s'arrêtent.

Maggie appuya le front sur les barreaux en souriant.

– Je vais chercher la clef, poursuivit-il. Vous allez toutes les trois quitter le château avant que je n'aille trouver Hunter.

– Il ne faut pas y aller seul, commença-t-elle.

Elle aurait dû se douter qu'il allait immédiatement prendre des mesures drastiques.

– Surtout quand tes pouvoirs sont bloqués...

– Il n'y a aucune raison pour que tu coures encore des dangers. Je vais vous faire accompagner par des gens en qui j'ai confiance...

– Malheureusement, ce ne sera pas possible, intervint une voix provenant du fond du couloir.

Maggie tressaillit violemment. Ils étaient tous si fatigués et si concentrés sur leur discussion qu'aucun n'avait senti approcher la silhouette qui se profilait maintenant derrière Delos.

Hunter Redfern s'arrêta, le sourire aux lèvres, Sylvia sur ses talons. Ils étaient suivis d'une foule de gardes.

– Nous avons dû disposer des quelques crétins qui voulaient te rester fidèles, annonça aimablement Hunter. Le château est à présent sous notre contrôle. Mais poursuivez donc votre petit dialogue, c'est très amusant de vous entendre essayer de vous sauver mutuellement.

– Et n'essaie pas de jouer la comédie, renchérit Sylvia. Nous avons tout entendu. Nous savions qu'il ne fallait pas te faire confiance, alors nous t'avons laissé venir ici, pour voir ce que tu dirais.

Pour quelqu'un qui fréquente Delos depuis un certain temps, elle n'a rien pigé, songea Maggie. Il n'était pas du genre à jouer la comédie. En fait, il réagit exactement comme elle l'aurait prévu, en se jetant à la gorge de Hunter Redfern.

Delos était jeune, vigoureux et fou de rage, mais le combat n'en fut pas moins inégal. Sur un couinement de Sylvia, les gardes se précipitèrent et tout fut bientôt fini.

– Enfermez-le avec ses amies, ordonna Hunter en remettant de l'ordre dans ses vêtements. Quelle pitié de voir mon unique héritier se conduire ainsi !

Delos fut jeté sans ménagement dans la cellule.

Si Maggie avait perçu un rien de regret dans la voix de Hunter, cela ne dura pas, il reprit bientôt son allure froide et acerbe.

– Je crois que, demain matin, nous attend une chasse des plus intéressantes, conclut-il.

Cette fois, les gardes emportèrent tous les flambeaux.

– Je suis désolée, murmura Maggie en cherchant à tâtons des blessures sur le corps de Delos. Vraiment... je ne savais pas...

– Peu importe. Cela devait arriver un jour ou l'autre de toute façon.

– Pour un vampire, vous n'avez pas beaucoup résisté, observa Jeanne du fond de la cellule.

Maggie se renfrogna, mais Delos lui répondit d'un ton sincère :

– Cette sorcière a éteint plus que la Flamme bleue en jetant un sort sur mon bras. Elle a limité tous mes pouvoirs de vampire. Je ne serai plus qu'un humain tant qu'elle ne m'aura pas libéré.

– Aradia ? demanda Maggie. Tu peux faire quelque chose ? Je sais que seule Sylvia saura défaire son sortilège, mais...

Aradia vint s'agenouiller auprès d'eux, effleura le bras de Delos en soupirant :

– Je regrette. Même si j'étais en pleine possession de mes moyens, je ne pourrais rien faire.

À son tour, Maggie poussa un soupir.

– Je n'ai qu'un seul regret, dit Delos, c'est de ne pas pouvoir te sauver.

– Ne pense plus à ça.

Une lourde résignation s'était abattue sur elle. Non qu'elle abandonne tout espoir, mais elle était très fatiguée, physiquement, émotionnellement, et elle ne pouvait rien faire pour le moment...

Ni jamais sans doute, se dit-elle avec tristesse. Pour tout réconfort, il ne lui restait que les bras de Delos, et elle se sentait étrangement apaisée par sa chaleur et sa solidité au cœur de cette sombre prison.

Parfois, il est plus important de lutter que de vaincre, se dit-elle. Elle fut presque heureuse de fermer ses paupières lourdes, juste pour un instant...

Elle ne se réveilla qu'une fois dans la nuit, à cause de Delos. À cause d'une pensée qui traversa leurs deux esprits. Il semblait pourtant dormir, lui aussi, mais d'un sommeil agité.

C'est mon nom qu'il appelait ? J'ai cru entendre...

À présent, il marmonnait des paroles incompréhensibles. Maggie se pencha pour essayer de les capter :

– Je t'aime... je t'ai aimée... ne l'oublie jamais...

– Delos ! (Elle le secoua.) Delos, qu'est-ce que tu fais ?

Il s'éveilla en sursaut.

– Rien.

Mais elle savait. Elle se rappelait ces mots – elle les avait entendus avant de le rencontrer sur la montagne.

– C'était dans mon rêve. Tu... revenais du futur en quelque sorte. En m'envoyant ce rêve, tu voulais me prévenir, pour que je quitte la vallée... Mais comment as-tu pu faire ça ? Je croyais que tes pouvoirs...

– Ça ne vient pas des pouvoirs de vampire, objecta-t-il comme s'il se sentait coupable. C'est autre chose. Plutôt le lien qui nous unit. Cette histoire d'âmes sœurs. Je ne sais même pas comment j'ai fait. Je me suis juste... endormi et j'ai rêvé de toi, dans le passé... comme si je te cherchais... et puis je t'ai trouvée. J'ai ouvert la connexion. J'ignore si on avait jamais fait cela, cette sorte de voyage dans le passé...

– Tu savais pourtant que ça ne servirait à rien. Ce rêve n'a rien changé. Je ne suis pas partie à mon réveil, puisque je suis là. Et si j'étais partie, je ne t'aurais jamais rencontré et tu ne m'aurais pas envoyé ce rêve...

– Je sais, murmura-t-il d'une voix lasse mais étrangement jeune. Cela valait tout de même la peine d'essayer.

19

– La chasse de votre vie ! annonça Hunter Redfern.

Il se tenait droit, magnifique et souriant au milieu des nobles, et Maggie crut même reconnaître quelques visages parmi eux.

Ce rude personnage venu des souvenirs de Delos – celui qui lui avait attrapé le bras... Et la femme qui avait prononcé le premier sortilège contre lui.

Ils s'étaient assemblés dans la cour, impatients de commencer, alors que l'aube commençait juste à poindre derrière les nuages nacrés.

– Deux humaines, une sorcière et un prince renégat, continuait Hunter d'un ton suffisant. Jamais plus vous ne traquerez de telles proies !

Maggie serra la main de Delos.

Elle avait peur, mais se sentait également très fière. Si ces nobles s'attendaient que leurs proies les supplient, ils en seraient pour leurs frais.

Tous les quatre se trouvaient seuls dans un coin. Maggie, Aradia et Jeanne dans leur tenue d'esclaves, Delos en cuissardes et chemise. Un petit vent faisait danser les cheveux de Maggie, cependant c'était bien tout ce qui bougeait dans cette cour.

Aradia, bien sûr, restait très digne, l'expression grave mais dénuée de toute peur ou colère. Elle se tenait droite, ses grands yeux clairs tournés vers la foule comme si elle leur souhaitait la bienvenue.

Jeanne était plus débraillée, ses cheveux roux en bataille, sa tunique froissée, mais elle arborait un sourire mauvais et ses yeux verts brillaient de défi. Elle ne se laisserait pas abattre sans lutter.

Quant à Maggie, elle faisait de son mieux pour rester à la hauteur, tout en sachant qu'elle ne paraîtrait jamais aussi altière qu'Aradia ni aussi provocatrice que Jeanne ; au moins s'efforçait-elle de ne pas prendre des airs épouvantés.

Delos était magnifique.

Dans sa chemise blanche, il paraissait plus princier que Hunter ne le serait jamais et contemplait avec mépris cette foule de nobles qui lui avaient juré fidélité pour maintenant réclamer son sang.

Il voulut leur parler :

– Prenez garde, voyez ce qui va se passer. Êtes-vous donc prêts à suivre un homme capable d'infliger cela à son arrière-petit-fils ? Combien de temps s'écoulera avant qu'il ne se retourne contre vous ? Avant qu'à votre tour vous ne vous retrouviez face à une troupe de chasseurs ?

– Qu'on le fasse taire ! ordonna Hunter.

S'il avait dit cela d'un ton plaisant, Maggie devinait une certaine fureur dans sa voix.

Néanmoins, l'ordre resta sans effet, car les nobles se regardaient... qui aurait le courage de faire taire le prince, et comment ?

– Il faut que certaines choses s'arrêtent, continuait Delos en la citant. Cet homme en fait partie. Je reconnais avoir pensé un moment le suivre... mais j'étais aveuglé par ma bêtise. À présent, je vois plus clair. Vous me connaissez tous. Resterais-je ici, prêt à renoncer à la vie sans raison ?

Un silence gêné lui répondit.

Soudain réconfortée, Maggie les contemplait en espérant un geste, mais elle déchanta vite. Ils n'avaient simplement pas l'habitude de prendre des initiatives et ne pensaient jamais qu'à leur petite personne. Pas de quoi susciter le moindre acte de rébellion.

Il n'y avait pas non plus grand-chose à attendre des esclaves. Que pourraient-ils faire à mains nues contre des gardes armés ? Ils avaient peur, ils étaient malheureux, mais ils avaient déjà vu ce genre de chasse. Ils savaient que rien ne pourrait l'arrêter.

– Cette jeune fille est venue paisiblement à nous, continuait Delos en posant la main sur l'épaule d'Aradia, dans le but de nouer une alliance entre sorcières et vampires. Pour toute réponse, nous avons tenté de la tuer. Je vous le dis maintenant, en voulant répandre son sang innocent, vous vous rendrez tous coupables d'un crime que vous regretterez tôt ou tard.

Autre mouvement de gêne – parmi les femmes. Des sorcières ? se demanda Maggie.

– Qu'on le fasse taire ! aboya Hunter.

Cette fois, il semblait s'adresser à quelqu'un en particulier. Maggie suivit son regard et tomba sur Sylvia.

– Il faut museler certaines bêtes avant de les traquer, lui lança Hunter. À toi de faire le nécessaire. La chasse va commencer.

Sylvia fit un pas quelque peu hésitant vers Delos, qui la défiait du regard de s'approcher encore.

– Gardes ! lança Hunter Redfern d'un ton lassé.

Les gardes s'avancèrent. Ils portaient deux sortes de lances : l'une à la pointe de métal – sans doute destinée aux humains et aux sorcières – l'autre à la pointe de bois. Pour les vampires. Si Delos ne se méfiait pas, il pourrait se voir transpercé sur place, avant que la chasse ne commence.

– Qu'il cesse de mentir ! ordonna Hunter Redfern.

Sylvia ouvrit son panier.

– Dans le nouvel ordre du millénaire, annonça Hunter pour contrer les paroles de son arrière-petit-fils, nous aurons de telles chasses tous les jours. Chacun d'entre nous possédera une ville humaine entière pour y puiser son gibier. Une ville de gorges à trancher, une ville de chair à dévorer.

Sylvia fouillait dans son panier sans plus se montrer effarouchée par la présence du prince, puisqu'il était maintenant entouré d'une forêt de lances.

– Sylvia, lança paisiblement Aradia.

L'intéressée releva la tête.

– Nous serons tous des princes... continuait Hunter Redfern.

– Sylvia Weald, dit Aradia.

Sylvia baissa les yeux.

– Ne me parle pas. Tu n'es... je ne suis plus des vôtres.

– Il vous suffira de me suivre, proclamait Hunter.

– Sylvia Weald, disait Aradia, tu es née sorcière. Ton nom est synonyme de forêt verdoyante, de bois sacré. Tu es fille d'Hellewise et le seras jusqu'à ta mort. Tu es ma sœur.

– C'est faux ! cracha Sylvia.

– Tu ne peux rien y changer. Rien ne saurait briser le lien. Au plus profond de ton cœur, tu le sais. Et en tant que Demoiselle de toutes les sorcières, au nom d'Hellewise, Femme de la Terre, je t'en conjure, brise le sortilège que tu as jeté à ce garçon !

Rien de plus étrange que d'entendre cette voix... venant certes d'Aradia, mais semblant émaner d'une autre forme – d'une sorte d'aura qui l'entourait tout entière. Comme si elle se doublait d'un autre être plus puissant, une grande femme aux cheveux aussi blonds que ceux de Sylvia.

Celle-ci ne sut que balbutier :

– Hellewise...

De son côté, Hunter poursuivait sa diatribe, mais Maggie ne l'entendait plus, elle ne voyait que Sylvia, figée, la tête basse, tremblant de tous ses membres.

En faisant appel à la loyauté... se dit Maggie.

– Sylvia, j'ai confiance en toi, lança-t-elle.

Celle-ci posa sur elle ses grands yeux violets effarés.

– Tant pis pour ce que tu as fait à Miles. Je sais que tu te sens perdue, malheureuse. Mais voilà ta chance de tout arranger. Tu peux faire quelque chose… d'important. Quelque chose qui va changer le monde.

– Des rivières de sang, disait Hunter. Et personne pour nous arrêter. Nous n'aurons de cesse de réduire les humains en esclavage. Désormais, les sorcières sont nos ennemies. Pensez à votre puissance lorsque vous boirez leurs vies !

– Si tu laisses tuer cette Puissance sauvage, tu seras responsable de l'arrivée des ténèbres, continuait Maggie. À toi seule. Car tu es la seule à pouvoir empêcher tout cela immédiatement !

Sylvia porta une main tremblante à sa joue, comme si elle était sur le point de s'évanouir.

– Veux-tu vraiment rester dans l'histoire comme celle qui a détruit le monde ? demanda Maggie.

– En tant que Demoiselle de toutes les sorcières… dit Aradia.

Une autre voix plus grave renchérit en écho : *En tant que Mère de toutes les sorcières…*

– Et au nom de Hellewise…

Et au nom de mes enfants…

– Puisque tu es une Femme de la Terre…

Puisque tu es ma propre fille, une vraie Femme de la Terre…

– Je t'adjure ! conclut Aradia, d'une double voix si puissante qu'elle interrompit Hunter.

Elle troubla tout le monde. Pendant un instant, il régna un silence de plomb sur cette cour, tandis que les têtes se tournaient en tous sens pour tâcher de voir qui avait parlé.

Sylvia ne regardait qu'Aradia.

Ses yeux violets se fermèrent et son corps eut un soubresaut. Quand elle reprit la parole, ce fut dans un souffle que seule Maggie put percevoir :

– En tant que fille de Hellewise, j'obéis.

Là-dessus, elle posa la main sur le bras de Delos, et il fit de même, comme pour sceller un pacte. Hunter vociférait, mais Maggie ne comprenait plus ses paroles, ni celles de Sylvia, qu'elle voyait remuer les lèvres en serrant le poignet de Delos.

Elle vit aussi la lance se planter dans le cœur de Sylvia.

Alors elle comprit ce que Hunter venait de hurler. Le garde l'avait tuée, comme il venait de l'ordonner. Et la jeune femme s'effondrait en arrière, sa belle robe verte inondée de sang.

– Trop tard, murmura-t-elle dans un sourire.

Delos se retourna, sa chemise blanche auréolée de rouge. *Le sien,* s'avisa Maggie. Il avait été blessé en essayant de s'interposer. Mais il ne regardait que son arrière-grand-père.

– C'est là que tout s'arrête !

Elle avait déjà vu la Flamme bleue, mais jamais ainsi, dans une explosion qui frappa là où se tenaient Hunter Redfern et ses plus fidèles alliés. Leurs corps furent emportés en une jaillissante colonne bleu électrique qui allait et venait entre ciel et terre, comme si le soleil tombait devant le château.

20

Agenouillée au sol, Maggie soutenait Sylvia de son mieux pour ne pas enfoncer davantage le morceau de lance qui restait fiché dans sa poitrine.

Tout était fini. À la place de Hunter Redfern et de ses affidés ne restait qu'un cratère fumant. Maggie se rappelait vaguement avoir vu quelques personnes courir se réfugier dans les collines, dont Gavin, le marchand d'esclaves. Hunter n'avait pas eu cette chance, pris au cœur de la Flamme bleue, rien ne restait de lui, pas une mèche de ses cheveux rouges prouvant qu'il ait jamais existé.

Delos mis à part, pas une créature de la nuit ne subsistait dans cette cour.

Quant aux esclaves, ils émergeaient tout juste de leurs huttes.

– C'est bon ! criait Jeanne. Vous m'avez entendue, tout va bien ! Delos n'est pas dangereux. Pas pour nous, en tout cas. Venez, sortez de là…

Qu'est-ce que vous avez besoin de vous cacher comme des rats ?

– Elle est douée, lança une voix grave.

Levant la tête, Maggie découvrit la haute silhouette maigre et la petite fille accrochée à son tablier.

– Blanchisseuse ! Oh, et toi, Polly... je suis tellement contente de vous voir ! Mais, oh, Blanchisseuse, si tu pouvais...

La guérisseuse s'agenouilla, échangea un regard avec Sylvia ; son visage était d'une pâleur crayeuse, ses yeux auréolés d'ombres ressemblant à des ecchymoses. Un peu de sang coulait au coin de sa bouche.

– Je suis perdue, balbutia-t-elle.

– Elle a raison, dit Blanchisseuse sans ménagement. On ne peut plus rien faire pour elle, Libératrice.

– Je ne suis la Libératrice de personne, protesta Maggie, les yeux pleins de larmes.

– Pour un peu, je te croirais. Mais je te vois assise ici, avec tous ces esclaves libérés autour de toi. Tu es arrivée, et la prophétie s'est réalisée. Si tu n'y es pour rien, la coïncidence est troublante.

Rougissant sous ce regard sévère, Maggie se pencha vers Sylvia.

– Mais c'est elle qui nous a sauvés, assura-t-elle. Elle mérite un minimum de reconnaissance...

– Il n'y a pas qu'elle qui nous ait sauvés, renchérit Delos.

– Non, reconnut Maggie. Toi aussi.

– Ce n'est pas ce que je voulais dire.

À son tour, il s'agenouilla, effleura l'épaule de Maggie, caressa le front de Sylvia.

– Je ne puis faire qu'une chose pour toi. Le désires-tu ?

– Moi, devenir vampire ? murmura Sylvia. Non. D'autant qu'avec du bois fiché si près de mon cœur, je ne pense pas que cela réussirait.

La gorge serrée, Maggie contempla le morceau de lance cassée.

– On pourrait l'ôter…

– Je n'y survivrais pas. Laisse tomber, pour une fois.

Sylvia fit encore non de la tête et Maggie se sentit tenue de l'admirer ; même au seuil de la mort, elle avait encore la force de se montrer désagréable.

– Écoute, reprit celle-ci. Je dois te parler. De ton frère.

Maggie s'apprêta à recevoir la terrible nouvelle.

– Oui.

– Il m'énervait, tu sais ? Je mettais mes plus beaux vêtements, je me coiffais, on sortait… et lui ne parlait que de toi.

– C'est vrai ? dit Maggie déconcertée.

Elle ne s'attendait pas du tout à ça.

– Il parlait de sa sœur. Si courageuse. Si intelligente. Si résolue.

Elle avait entendu Miles lui reprocher des centaines de choses, mais jamais reconnaître son intelligence.

– Il ne pouvait supporter qu'on dise du mal de toi... et je t'en ai détestée. Mais lui... je l'aimais bien.

La voix de Sylvia s'affaiblissait. Aradia vint aussi près d'elle, caressa ses cheveux brillants.

– Tu n'en as plus pour longtemps, lui annonça-t-elle.

Sylvia cligna des yeux, comme si elle comprenait. Puis elle se tourna vers Maggie.

– J'ai dit à Delos que je l'avais tué. Mais... j'ai menti.

Étouffant un soupir, Maggie sentit son cœur s'emballer.

– Tu ne l'as pas tué ? Il est vivant ?

– Je voulais le punir... mais je voulais aussi qu'il reste près de moi...

Prise de vertige, Maggie se pencha au plus près du visage livide de la jeune femme.

– Je t'en prie, dis-moi ce que tu as fait !

– Je l'ai... changé, marmonna la voix mélodieuse. J'en ai fait un métamorphe... et j'y ai ajouté un sortilège. Il ne pouvait redevenir humain que quand je le voulais.

– Quel genre de sortilège ? intervint vivement Aradia.

Sylvia émit une sorte de soupir lointain.

– Rien que tu ne puisses changer, Demoiselle... Il te suffira d'ôter la bande de cuir de sa jambe. Il restera pour toujours un métamorphe... mais tu le reverras...

Soudain, sa voix enfla légèrement et Maggie se rendit compte que les yeux cernés la considéraient avec un rien de malice.

– Tu es si brillante... je suis certaine que tu trouveras quel animal...

Un cri étranglé lui échappa, comme Maggie n'en avait jamais entendu ; elle comprit que c'était là le dernier soupir de Sylvia.

Le corps dans la robe verte se cambra, puis retomba, inerte ; les yeux violets embués de rosée restaient ouverts sur le ciel, mais n'offraient plus aucune expression.

Aradia posa une main fine sur le front pâle.

– Déesse de la Vie, reçois cette fille de Hellewise et guide-la vers l'autre monde. Elle emporte avec elle la bénédiction de toutes les sorcières.

Maggie se demanda si la silhouette lumineuse qui avait entouré Aradia allait revenir. Mais elle ne vit que le beau visage de la Demoiselle, avec son joli teint café au lait et son regard aveugle empli de compassion.

Et Aradia passa doucement la paume sur les yeux de Sylvia pour les fermer.

Maggie eut beau serrer les dents, elle ne put retenir un sanglot, jusqu'à ce que les bras de Delos viennent l'étreindre ; elle y enfouit le visage, et cela la soulagea. Se reprenant, quelques minutes plus tard, elle s'aperçut qu'elle se sentait comme revenue dans son rêve où l'avait habitée une si intense impression de paix et de sécurité. Ce sentiment d'appartenance.

Tant que son âme sœur serait vivante, tant qu'ils resteraient ensemble, tout irait bien.

Et puis elle s'aperçut que Polly s'agrippait à elle aussi, alors elle lâcha Delos pour prendre l'enfant dans ses bras.

– Ça va, gamine ?

– Oui, renifla Polly. Maintenant, oui. Ça faisait peur, mais c'est fini, heureusement.

Jeanne apparut soudain, les mains sur les hanches.

– Tiens, j'aimerais bien m'en aller comme ça, moi aussi, commenta-t-elle. En faisant à ma guise… et en assommant tout le monde au moment de partir.

Choquée, Maggie leva la tête, toussa mais ne versa plus une larme.

– Je ne sais pas pourquoi je me mets dans cet état, commenta-t-elle. Sylvia n'était pas gentille. J'ai même eu envie de la tuer.

– C'était une personne, affirma Delos.

Sans doute la plus belle des oraisons funèbres... se dit Maggie.

– Alors ? demanda Jeanne. Tu sais en quel animal ton frère a été transformé ?

– Euh... oui, je crois. Delos, sais-tu ce que signifie le nom de Gavin ? Pour un métamorphe ? Est-ce un faucon ?

– C'est cela, en effet.

Une bouffée de plaisir traversa Maggie.

– Alors, je sais, déclara-t-elle en se relevant. Où pouvons-nous trouver le faucon qui l'accompagnait le jour de notre rencontre ?

– Il faudrait peut-être voir du côté des écuries, suggéra Delos.

Ils s'y rendirent, suivis d'une foule curieuse et fascinée. Parmi eux, Maggie reconnut Vieille Repriseuse, qui riait et caquetait, ainsi qu'Arroseuse, qui n'avait plus l'air effrayé du tout, et aussi Videuse de pots de chambre...

– Il va vraiment falloir qu'on te trouve un nouveau nom, maugréa-t-elle à l'adresse de cette dernière. Tu pourrais t'en choisir un ?

La grande fille aux yeux doux lui répondit d'un sourire timide.

– J'ai entendu qu'une noble s'appelait Hortense...

– Très bien.

Ils arrivèrent aux écuries où s'alignaient d'innombrables perchoirs. Affolés, les faucons se mirent à battre des ailes. Maggie les trouva tous semblables.

– Ce doit être un nouvel oiseau, dit Delos. Peut-être celui-ci. Est-ce que le fauconnier est par ici ?

Pendant que tout le monde partait à sa recherche, Jeanne se rapprocha de Maggie :

– Je voudrais bien savoir comment tu as deviné. Tu savais que Gavin était un métamorphe ?

– Non, mais ça m'a semblé logique, puisque Bern en était un. Ils paraissaient avoir les mêmes réactions, tous les deux. Et Aradia a raconté comment Sylvia s'était occupée de Miles dans son appartement. Bern et Gavin y étaient déjà. Alors il semble naturel qu'elle ait poussé l'un d'eux à transformer Miles.

– Mais qu'est-ce qui t'a fait dire que Gavin était un faucon ?

– Je ne sais pas, je… il en avait un peu l'air. Tout mince, doré. Et puis, il a rejoint trop vite les chasseurs après avoir quitté Delos au bout des rochers. Je ne connaissais pas les lieux à ce moment-là, mais ça a dû me rester dans un coin de l'esprit.

– Quand même…

– Bon, en fait, j'imaginais aussi que Miles devait être un faucon. Sylvia l'aimait bien, elle n'en aurait pas fait un cochon, un tigre ou un ours si elle voulait le garder près d'elle. Je l'ai vue avec ce faucon, le premier jour. Un animal proche, qu'elle pouvait contrôler, une sorte d'accessoire… ça semblait logique.

Jeanne émit un soupir dubitatif.

– À mon avis, tu as quand même eu un coup de bol.

Maggie ne répondit pas, car on lui amenait un petit homme au visage mince… Fauconnier.

– On ne se connaît pas encore, commença-t-elle. Mais ça devrait s'arranger.

Il avait apporté un oiseau :

– Voici le dernier. Lady Sylvia a bien précisé de ne jamais ôter la bague verte de sa patte… mais j'ai un couteau. Voulez-vous vous en charger ?

Retenant son souffle, Maggie s'efforça de ne pas laisser trembler ses mains tout en coupant la bande vert émeraude. Enfin elle y parvint, et le temps d'un instant, elle crut que son cœur allait s'arrêter, car rien ne se passa.

Soudain, l'oiseau déploya ses ailes, les plumes fondirent, le corps s'épaissit... Fauconnier recula d'un bond pour laisser de la place à la forme humaine qui se développait...

Alors Miles se tint devant elle, le sourire aux lèvres sous ses cheveux auburn.

Il leva le pouce.

– Je savais que tu me tirerais de là. Sinon, à quoi serviraient les petites sœurs ?

Maggie se jeta dans ses bras.

Passé les étreintes, les larmes des retrouvailles et les explications, les esclaves – ex-esclaves, disait à présent Maggie – commencèrent à se rassembler pour organiser leur nouvelle vie. Delos et Aradia envoyèrent plusieurs messagers au Dehors.

Il restait bien des éléments à régler ; cela prendrait des mois, des années de travail, tous en étaient conscients. Maggie savait que sa vie ne serait jamais plus la même, que son existence de simple lycéenne s'achevait là.

Son frère était devenu un métamorphe – au moins avait-il eu la chance de tomber sur un animal qu'il aimait. Il expliquait déjà à Jeanne comment atteindre le sommet des montagnes.

Elle avait pour âme sœur une Puissance sauvage. Aradia lui avait expliqué ce que ça impliquait. Entre autres, qu'ils allaient devoir être protégés par les sorcières et le cercle de l'Aube jusqu'à l'arrivée des ténèbres ; car l'intervention de Delos serait alors essentielle pour que le Night World ne les tue pas. Et même s'ils survivaient jusqu'à la bataille finale... ce serait dur.

Elle-même avait changé à tout jamais. Elle se savait redevable envers les habitants de la vallée, qui l'appelaient toujours « Libératrice ». Elle allait devoir leur apprendre à s'adapter au monde du Dehors. Son destin serait pour toujours lié au leur.

Mais pour le moment, ils ne songeaient qu'à s'alimenter.

– Venez au château... vous tous, dit simplement Delos.

Il prit Maggie par le bras et l'y entraîna. Ce fut alors que Polly tendit le doigt vers le ciel, au milieu des murmures de la foule.

– Le soleil !

En effet, une lueur dorée perçait les nuages du royaume des Ténèbres, exactement à l'endroit où la Flamme bleue avait jailli de la terre. Le soleil chassait la brume, révélant le vert émeraude des arbres sur les collines avoisinantes.

Et au milieu, le château scintillait tel un miroir.

Un lieu enchanteur, songea Maggie en regardant autour d'elle. *C'est vraiment magnifique !*

Elle leva la tête vers le garçon à côté d'elle, contemplant ses cheveux sombres totalement emmêlés, sa peau claire et ses traits élégants, sa bouche au pli toujours fier et volontaire, mais aussi pleine de tendresse.

Et surtout ces yeux jaune doré, ce regard intrépide qui la dévisageait comme si elle était l'être le plus important de l'univers.

– Je suppose que toutes ces prophéties ne se vérifient que par le plus grand des hasards, avança-t-elle songeuse. Juste parce que les gens ordinaires essaient de leur trouver un sens.

– Il n'y a rien d'ordinaire chez toi, assura Delos en l'embrassant.

L'une de la terre de rois longtemps oubliés ;
L'une du foyer où vit encore l'étincelle ;
L'une du Day World où deux yeux veillent ;
L'une du crépuscule qui épousera l'obscurité.

Sauriez-vous reconnaître un vampire
ou comment saluer une sorcière ?

Êtes-vous vraiment humain ?

Pourriez-vous survivre dans le Night World ?

Découvrez

LES SECRETS DU NIGHT WORLD

LE GUIDE OFFICIEL

IMPRIM'VERT®

Imprimé en France par
Corlet Imprimeur
14110 Condé-sur-Noireau
Dépôt légal : janvier 2012
N° d'impression : 142840
ISBN : 978-2-7499-1562-3
LAF 1421B